ULLSTEIN

Wir über uns – die Autorinnen

Wer sind wir eigentlich? Wir, Saskia und Sarah Preissner, sind die Gründerinnen des inoffiziellen HP-FC. Sarah ist am 18.1.1990 und Saskia am 2.12.1985 geboren. Neuerdings unterstützt uns unsere kleine Schwester Sally bei der Fanclubarbeit.
Wir haben aber auch noch andere Hobbys. Sarah spielt im BBC (D-Jugend) Basketball, malt gern und hat zwei Wellensittiche, von denen einer spricht. Saskia taucht und hat einen riesigen Hund (Landseer, 70 kg). Sarah geht auf eine Montessori-Grundschule (kurz: Dort ist freies Lernen angesagt) und Saskia auf eine mathematisch-naturwissenschaftlich orientierte Oberschule. Unser Wissen über Webdesign haben wir uns autodidaktisch angeeignet. Genauer gesagt haben wir uns Bücher über HTML, Javascript, Flash, Delphi, Photoshop, virtual reality etc. gewünscht und unsere Eltern haben sie fleißig besorgt. Das Ergebnis könnt ihr unter www.hp-fc.de bewundern.
Offenbar haben wir nicht nur unsere Familie, sondern auch viele Freunde angesteckt, denn im letzten Jahr haben eine Million Besucher in unserem Internet-Zauberinternat vorbeigeschaut. Durch die Unterstützung der zahlreichen HP-FC-Mitglieder haben wir mit unseren Internetaktivitäten die weltweit größten Preise abgeräumt: international den ThinkQuest-Platin-Award und in Deutschland den DigiGlobe Young Talent. Daher sind uns auch die netten Briefe und E-Mails der Fans so wichtig, für die wir uns ganz herzlich bedanken möchten.

SASKIA & SARAH PREISSNER

Der Inoffizielle HP-Fanclub präsentiert:

DAS ZAUBERINTERNAT

Das Buch für kluge Magier

Ullstein

Für Alan Weis

Bildnachweis

Bildteil: Saskia & Sarah Preissner und Bryce (S. 1), Isabel Kern (S. 2 oben), Dirk Jentsch (S. 2 unten), Trish (S. 3 oben), Silke Molitor (S. 3 unten), Luise Maxeiner (S. 4), Amira Azozz (S. 5), Fabian Wiedemann (S. 6 oben), Bente Schlick (S. 6 unten), Lester McBride (S. 7), Saskia & Sarah Preissner und Bryce (S. 8)

Abbildung der magischen Geschöpfe und Drachen: Luise Maxeiner

Abbildung der Chattertypen: Isabel Kern

Foto von Saskia, Sarah und Sally Preissner: Wolfram Scheible

Ullstein Taschenbuchverlag
Der Ullstein Taschenbuchverlag ist ein Unternehmen der
Econ Ullstein List Verlag GmbH & Co. KG, München
Originalausgabe
1. Auflage 2001

Lektorat: Angela Troni

Umschlagkonzept: Lohmüller Werbeagentur GmbH & Co. KG, Berlin
Umschlaggestaltung: Thomas Jarzina
Titelabbildung: © Jan Patrik Krasny/via Agentur Schlück GmbH
© David Mattingly/via Agentur Schlück GmbH
Illustrationen: Michael Wirth, München
Gesetzt aus der Bembo, Eurostyle, Soup Bone
Satz: Gramma GmbH, München
Druck und Bindearbeiten: Elsnerdruck, Berlin
Printed in Germany
ISBN 3-548-36309-1

Dieses Buch
gehört

Inhalt

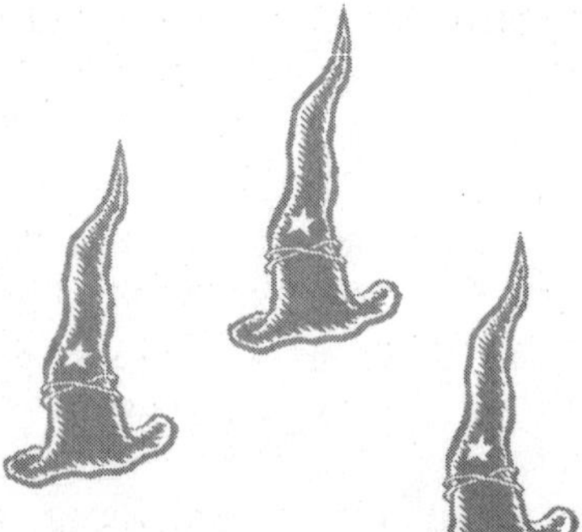

Unser virtuelles Zauberinternat

Als das erste Buch über den von uns gegründeten HP-FC erschien, waren wir sehr skeptisch, ob überhaupt irgendjemand unser Werk kaufen würde. Doch diese Angst durften wir zum Glück schon bald ablegen. Schneller, als wir je damit gerechnet hätten, erreichten uns zahlreiche Lobesmails und Glückwünsche von begeisterten Fans.

Natürlich haben wir uns darüber riesig gefreut und möchten uns daher an dieser Stelle noch einmal bei all denjenigen bedanken, die uns unterstützt haben. Denn ohne euch, die echten Fans, wäre unser Projekt nicht so erfolgreich gewesen und hätte nicht so leicht seine Fortsetzung gefunden. Um dem großen Anteil der vielen Fans an unserem HP-FC Rechnung zu tragen, haben wir versucht, möglichst viele eurer Beiträge aus den verschiedenen Wettbewerben in dieses Buch aufzunehmen.

Bei den Vorbereitungen zu diesem Werk durchstöberten wir die »verbotenen Abteilungen« vieler Bibliotheken voller magischer Bücher, um neben der Weiterentwicklung der Zaubermathematik und den anderen Unterrichtsfächern der ersten Trimester neue Herausforderungen für unsere immer zahlreicher werdenden Schüler zu finden.

Natürlich gibt es noch eure alten Lieblingsfächer, wie zum Beispiel *Zauberkräuterkunde*, *Zauberhomepages* und *Magische Geschöpfe*. Wir sind jedoch davon überzeugt, dass euch auch die neuen Fächer *Chirologie* (Handlesekunst) und *Graphologie* (Schriftdeutung) großen Spaß bereiten werden, nicht zuletzt weil man damit viel über andere Menschen erfahren kann. Unsere Freunde, von denen wir die einzelnen hier abgedruckten Schriftproben gesammelt haben, waren von den treffenden Auswertungen äußerst positiv überrascht. Als Folge davon bekommen wir übrigens seitdem regelmäßig Schriftproben mit der Bitte um Analyse zugesandt. Mit der *Eulenkunde* haben wir ebenfalls ein für jeden Zauberschüler interessantes Fach aufgenommen, das den Unterricht zum Thema *Magische Geschöpfe* wissenschaftlich-zoologisch sinnvoll ergänzt.

Natürlich sollte auch diesmal der Spaß nicht zu kurz kommen und so finden sich im Anschluss an fast jedes Unterrichtsfach wieder Knobelaufgaben und knifflige Rätsel, die nur darauf warten, von euch gelöst zu werden.

Das Schwierigste wird wohl in diesem Jahr der Versetzungstest sein ... Da wir aber unser Lexikon noch einmal für euch überarbeitet haben – ihr findet hier also die aktuellste Version – und ihr ja auch aufmerksame Leser seid, ist es so gut wie sicher, dass ihr auch dieses Mal versetzt werdet – wir drücken euch jedenfalls die Daumen!

Saskia und Sarah

Im letzten Jahr hatten wir uns mit der Homepage des HP-FC bei diesem internationalen Internetwettbewerb beworben. Teilnehmen konnte man mit Sites, auf denen lehrreiche Inhalte für das Internet technisch und gestalterisch anspruchsvoll präsentiert werden.
Der Weg ins Finale war lang und hat viel Schweiß gekostet, doch endlich war es so weit: Die Think Quest Awards Ceremony stand unmittelbar bevor! Die Preisverleihung sollte in Genf in der französischen Schweiz stattfinden und alles war sehr aufregend. Judith kam extra aus Colorado, USA, angereist, Maria aus Hamburg und ich aus Berlin. Das Wochenende war einfach perfekt organisiert, die Veranstalter richteten sogar ein riesiges Computerkabinett ein, in dem wir uns so richtig austoben konnten.
Die ersten beiden Tage waren demnach reines Vergnügen – schließlich standen auch ein Besuch des Olympischen Museums und eine Führung durch eine Schokoladenfabrik auf dem Programm. Am dritten Tag war dann Schluss mit lustig. Das so genannte Judging begann, bei dem sich Jury die einzelnen Projekte noch einmal von den Teams vorstellen ließ. Anschließend löcherten sie die Wettbewerbsteilnehmer mit Fragen und testeten die Fähigkeiten der einzelnen Teammitglieder.
Beim Abendessen in einem typisch schweizerischen Restaurant bin ich mit dem Think-Quest-Gründer Alan Weis ins Gespräch gekommen, der mich auch gleich nach unserem Projekt ausgefragt hat. Dabei erzählte ich ihm nicht nur von unseren virtuellen Objekten, sondern auch von unserem Buch. Er hat mir an dem Abend noch die verschiedensten Jobs angeboten – ich werde sie alle annehmen …
Am nächsten Tag hieß es dann noch einmal warten, dennoch war für Lampenfieber keine Zeit. Wir besuchten das CERN – den Entstehungsort des WorldWideWeb, wo auch die Preise vergeben werden sollten. Am Abend fand dann die große Preisverleihung statt. Wer jetzt noch nicht total nervös war, war garantiert kein Teilnehmer! Zum Glück wurden die Preise für unsere Kategorie »Arts and Literature« gleich zu Beginn der Veranstaltung vergeben. Die Preisverleihung war wirklich der spannendste Moment in meinem ganzen Leben. Ich habe mein Herz noch nie so laut pochen hören. Nachdem

der Silber- und Gold-Award bereits verliehen waren, ging es mir alles andere als gut ... Ich dachte schon traurig, wir wären leer ausgegangen. Doch dann geschah das Unerwartete und die Jury verkündete: *»And the winner of the Platinum Award in the category Arts and Literature is ... HOGWARTS-ONLINE.«*
Anfangs konnte ich es gar nicht fassen und blieb einfach auf meinem Platz sitzen. Dann wurde ich von meinen Teammitgliedern geschubst, weil ich zuerst aufstehen musste. Obwohl man uns vorher gesagt hatte, wie wir die Treppen runtergehen sollten, hatte ich alles vergessen – so sehr schwirrte mir der Kopf. Irgendwie fanden wir doch den Weg auf die Bühne und nahmen den Preis entgegen – jede von uns dreien einen schweren Adler.
Bis heute habe ich noch nicht verarbeitet, was da alles passiert ist. Unser HP-FC hat tatsächlich mit dem Zauberinternat den ersten Platz beim größten Internetwettbewerb der Welt bekommen. Das Gefühl, zu den besten Webdesignern unter den 10 000 teilnehmenden Schülern zu gehören, ist einfach unbeschreiblich. Ich kann nur jedem wünschen, auch einmal in diese Situation kommen zu dürfen. Also, liebe HP-Fans, wir sehen uns nächstes Jahr im ThinkQuest-Finale!

++ Think Quest +++ Think Quest +++ Think Quest +++ Think Quest ++

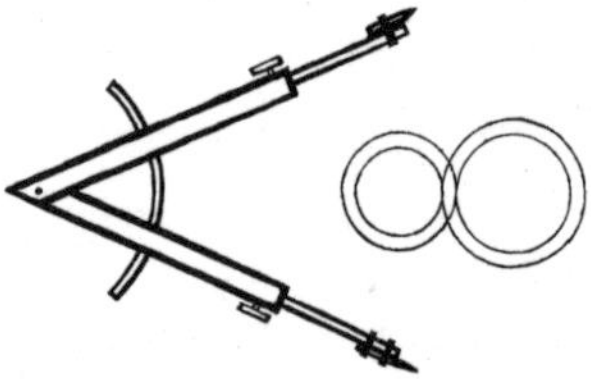

Der HP-FC in Zahlen

Nicht jeder mag ja Mathe, aber statistische Erhebungen können etwas sehr Interessantes sein. Und aus genau diesem Grunde wollen wir auch ein wenig von den Informationen rund um unser Zauberinternat preisgeben, die wir bisher noch niemandem verraten haben.

Unser Fanclub hat derzeit, wie ihr sicher schon oft gehört habt, 110 200 eingetragene Mitglieder, die sich folgendermaßen auf die einzelnen Häuser verteilen:

30 % Gryffindor
26 % Slytherin
23 % Ravenclaw
21 % Hufflepuff

Allerdings wissen wir, dass sich 8% der Slytherins noch mal anmelden – wohl weil sie nicht mit Malfoy in einem Haus sein wollen. Bei den Ravenclaws und Hufflepuffs ist diese Quote dagegen relativ gering. Und die überzeugten Slytherins sind meist am aktivsten. Das kann man beispielsweise daran sehen, wie oft welches Haus im letzten Trimester das Zauberexamen abgelegt hat. Obwohl die folgenden Zahlen natürlich noch nichts über den Erfolg, sondern nur über den Fleiß aussagen:

Gryffindor	ca. 61 000-mal
Slytherin	ca. 74 000-mal
Ravenclaw	ca. 51 000-mal
Hufflepuff	ca. 56 000-mal

Derzeit tummeln sich sowohl 50 000 Erst- als auch Zweitklässler in unserem virtuellen Zauberinternat. Dem gegenüber stehen etwa 10 000 Drittklässler und nur rund 200 Viertklässler. Wer jetzt denkt, dass so viele sitzen bleiben (dieses Jahr übrigens ca. 500 Schüler, davon zwei im zweiten Versuch), liegt vollkommen falsch. Der Grund dafür ist vielmehr, dass in den ersten beiden Trimestern nicht annähernd so viele Schüler angemeldet waren wie heute.

Unsere Besucherzahlen können sich ebenfalls sehen lassen. Im letzten Jahr wurde unsere Site 2,2 Millionen Mal besucht und alles in allem wurden 58 Millionen Seiten (ohne Chat) angesehen. Allerdings darf man Besucher und Seitenabrufe nicht verwechseln. Ein Besucher ist jemand, der auf unsere Site (www.hp-fc.de) kommt. Auch wenn sich dieser einzelne Besucher vielleicht mehrere Seiten ansieht (Pageviews), hat er unsere Site insgesamt

+++ Zauberwitze +++ Zauberwitze +++ Zauberwitze +++

»Professor«, sagt ein frecher Zauberschüler zu seinem Lehrer, »mein Vater hat mir 40 Galleonen versprochen, wenn ich eine Eins nach Hause bringe.« – »Das ist schön, nun streng dich mal an!«, lautet die Antwort. »Ich hätte da einen Vorschlag«, meldet sich der Schüler noch einmal zu Wort. »Geben Sie mir doch einfach in der Prüfung eine Eins, dann teilen wir uns die 40 Galleonen!«

+++ Zauberwitze +++ Zauberwitze +++ Zauberwitze +++

nur einmal wirklich besucht und zählt daher als eine Session. Übrigens haben wir eine witzige Korrelation festgestellt: Je kälter es draußen ist, desto mehr Besucher können wir auf unserer Seite verzeichnen. Ungeschlagen an der Spitze liegt bisher der 15.12.2000 mit mehr als 18 000 Besuchern. Besonders freuen wir uns dabei, dass wir rund 50% internationale Gäste aus inzwischen 118 Ländern verzeichnen können. Die meisten kommen natürlich aus Deutschland und den deutschsprachigen Nachbarländern, aber in der Top Twenty versteckt sich auch die ein oder andere Überraschung:

1.	Deutschland	1 158 715
2.	Österreich	95 779
3.	USA	94 221
4.	Schweiz	82 578
5.	Luxemburg	7 288
6.	Spanien	3 221
7.	Großbritannien	2 768
8.	Niederlande	2 286
9.	Belgien	2 278
10.	Russische Föderation	2 142
11.	Kanada	1 967
12.	Ungarn	1 765
13.	Frankreich	1 679
14.	Dänemark	1 368
15.	Australien	1 354
16.	Italien	1 269
17.	Finnland	1 068
18.	Ukraine	1 035
19.	Singapur	983
20.	Tschechien	915

Die steigenden Besucherzahlen haben auch die ein oder andere Neuerung notwendig gemacht. Die Informationsflut in der Großen Halle war nämlich irgendwann so groß, dass wir sie komplett umstrukturieren mussten, um die Kommunikation zwischen den einzelnen Mitgliedern überhaupt noch sicherzustellen. Gelöst haben wir das Problem schließlich mit professionellen Diskussionsforen, die regelmäßig von etwa 20 000 Usern genutzt werden. Und damit das Ganze bei der großen Userzahl nicht bald schon zu unübersichtlich wird, haben wir durch Einteilung in Gruppen und einzelne Unterforen Abhilfe geschaffen. So gibt es zum Beispiel ein Forum für alle, die Mailfreundschaften suchen, und auch eines für News. Dadurch können wichtige Meldungen zwischen den unzähligen anderen Beiträgen nicht mehr untergehen. Eine weitere Besonderheit ist das FanFiction-Forum, in dem die Fans von Geschichten rund um den beliebten Zauberschüler jede Menge Spaß haben. Das Ganze funktioniert wie ein Fortsetzungsroman: Jemand beginnt eine Geschichte, die ein anderes Mitglied dann nach seinen Vorstellungen weiterschreiben kann. Wem diese Fortsetzung nicht gefällt, der verfasst einfach eine Alternative. Am Ende hat man viele verschiedene Geschichten mit demselben Anfang und Schluss. Außerdem hat sich die große Halle als ideales Forum zur Ankündigung von Veranstaltungen, Ferienlagern oder Partys bewährt. Hier sorgen fünf fleißige Moderatoren dafür, dass die Halle sauber bleibt, die vorgeschlaqenen HP-Links auch wirklich passend sind und niemand die Halle flutet – also mit unzähligen sinnlosen Nachrichten blockiert.

Im Chat tummeln sich auf unserer Homepage gut 60 000 Mitglieder, von denen immerhin die Hälfte regelmäßig (mindestens einmal pro Monat) chattet. Unsere Administratoren sorgen dabei für die nötige Ruhe und Ordnung, damit Unterhaltungen nicht ständig durch irgendwelche Nervensägen unterbrochen werden. Leider gibt es nämlich auch immer einige, die sich dumme Beiträge nicht verkneifen können.

+++ Wer fliegt ... +++ Wer fliegt ... +++ Wer fliegt ... +++

Wer fliegt durch die Nacht, so schnell wie der Wind?
Das ist Harry. Und bei ihm sind
Ron und Hermine auf ihrem Besen,
unter ihnen tummeln sich gespenstische Wesen.

Was wollen sie hier? Was haben sie vor?
Der Grund ist der Umhang, den Harry verlor.
Es ist ein besonderer, ein ganz geheimer,
vom Vater geschenkt, was der kann – kann keiner!

Aus Sichtbarem macht er das Gegenteil,
diese Fähigkeit wird nur dem Träger zuteil.
Nützlich war er Harry schon oft:
Sei es beim Verfolgen (wo man nicht hofft,
entdeckt zu werden) oder Drachenschmuggel.
Er schützt vor Gefahren und neugierigen Muggel.

Die Freunde brauchen ihn unbedingt,
weil Du-weißt-schon-wer mal wieder spinnt.
Er will die Herrschaft über die ganze Welt,
was den dreien natürlich nicht gefällt.

Sie bekämpfen ihn und seine Gefolgschaft,
die selbst vor heimtückischen Mord nicht Halt macht.
Drum bitten wir euch: Stoppt sie schnell,
unter Voldemorts Fuchtel wird's nie wieder hell!

Martina Marion Müller

+++ Wer fliegt ... +++ Wer fliegt ... +++ Wer fliegt ... +++

Pokalhistorie

Was wäre eine virtuelle Zauberschule ohne ihren Hauspokal, der am Ende eines jeden Trimesters dem Haus mit den meisten Punkten überreicht wird? Natürlich gab es in unserem virtuellen Zauberinternat weiterhin die altbewährten Methoden, um an Punkte zu kommen, aber auch eine rege Beteiligung am Unterricht, die Teilnahme an Wettbewerben oder das Schreiben von Artikeln für die Zauberzeitung bescheren den Schülern der einzelnen Häuser die begehrten Pünktchen. Viele Schüler wundern sich über den Punktestand, der nicht immer in der Geschwindigkeit zu wachsen scheint, wie sie es erwarten. Dabei haben sie aber sicher außer Acht gelassen, dass es nicht nur Punktegutschriften gibt, sondern auch immer wieder Schüler für Punktabzug sorgen (auch wenn es immer weniger werden).
In diesem Jahr wurde die begehrte Trophäe feierlich an die Gryffindors übergeben. Die Slytherins hatten drei Schuljahre in Folge gewonnen und viele waren schon regelrecht verzweifelt. Sie glaubten wohl, dass nie ein anderes Haus zum Zuge kommen könnte. Nun hat es doch noch geklappt und Gryffindor hat sich überraschend kurz vor Schluss durchgesetzt. Wir wünschen uns und euch, dass die Jagd nach Punkten auch im nächsten Trimester wieder so spannend wird wie diesmal, und freuen uns schon auf die nächste Pokalvergabe.

Als wir das erste Mal von den HP-Hörbüchern hörten, dachten wir unwillkürlich und ein wenig amüsiert an die kleine Hexe Bibi Blocksberg und ihren Spruch: »Hex, hex!« (wobei wir die Kassetten wirklich gemocht haben!).

Doch wer einmal in die HP-Audio-Bücher hineingehört hat, weiß, dass Rufus Beck es versteht, die Zuhörer völlig in die mystische Welt hineinzuziehen. Er hat sich nämlich die Sprechweise orientalischer Märchenerzähler angeeignet und jedem Charakter eine unverwechselbare Stimme verpasst. So weiß man immer, wer gerade spricht – bei der Vielzahl und der Vielfalt der handelnden Personen und Geschöpfe eine wahre Meisterleistung!

Der Schauspieler hat uns übrigens den Trick verraten, wie er sprachlich so schnell auf die richtige Stimme umschalten kann: In seinem Buch, aus dem er vorliest, sind die Dialoge der einzelnen Charaktere mit einer bestimmten Stiftfarbe markiert.

Hervorragend gelungen ist ihm Dobbys bebende Stimme und auch Mrs. Dursleys schriller Tonfall passt wunderbar zu dieser unsympathischen Person. Bisher hatten wir in unserer Fantasie zwar Bilder von den handelnden Personen und Handlungsorten vor Augen, aber seit wir die Hörbücher kennen, hören wir sie förmlich, während wir in den Büchern schmökern. Man fühlt sich durch Rufus Becks Vorlesen immer mitten im Geschehen, ohne den Stress des Selbstlesens auf sich nehmen zu müssen. Und das ist natürlich besonders für die Jüngeren, die weder Eltern noch Geschwister zum Vorlesen überreden können, ein unschätzbarer Vorteil.

Am 31. Mai 2001 waren wir nach München eingeladen – zu einer Lesung des bekannten Schauspielers. Als wir erfuhren, dass die Veranstaltung in feierlichem Rahmen stattfinden sollte und wir Dr. Beck dem Publikum ankündigen sollten, wurden wir jedoch ein wenig nervös. Zwar hatten wir schon ein wenig Kameraerfahrung gesammelt, aber live auf der Bühne vor lauter Prominenz ... Auf jeden Fall mussten wir erst mal los, um uns für den Anlass entsprechend einzukleiden. Als uns dann auch noch eröffnet wurde, dass man erst den berühmten Kritiker Marcel Reich-Ranicki bitten wollte, vier (!) Goldene Schallplatten an Rufus Beck zu verleihen, aber die Wahl schließlich doch auf uns gefallen sei, waren wir endgültig platt.

Beim Anblick der von Kronleuchtern erhellten Eingangshalle des Prinzregententheaters hatten wir dann doch ein etwas beklommenes Gefühl, ob wir unsere kurze Laudatio auf der Bühne auch herausbringen würden. Aber im Theater wurden wir von ganz vielen Leuten nett angesprochen, die unsere Website oder unser Buch kannten, so dass wir uns schon etwas wohler fühlten. Und als wir angekündigt wurden, gab es einen so tollen Applaus, dass wir nur noch kurz stutzten, als wir plötzlich vor 1000 erwartungsfrohen Zuschauern standen.

Rufus Beck hatte vorher gar nichts von den Goldenen Schallplatten geahnt, es ist nämlich sehr selten, dass Hörbücher damit ausgezeichnet werden. So konnten wir ihn tatsächlich auf der Bühne überraschen und er hat sich sichtlich gefreut!

Dann begann die Lesung. Diesmal hatte Rufus mehrere Szenen aus den verschiedenen Bänden ausgesucht. Zuerst natürlich die Briefe aus Hogwarts, von denen die Dursleys schließlich fast zugeschüttet werden. Sarahs persönliche Lieblingsszene war auch dabei: die Weasleys bei den Dursleys – zwei Familien, die verschiedener wohl kaum sein könnten; natürlich bleibt das Chaos da nicht aus. Beim »Showdown«, den Bonbons, die Fred und George für Dudley als Falle auslegen, lachte schließlich das ganze Theater Tränen. Für die Sportfans gab es dann noch eine klassische Reportage vom Quidditch – in teilweise atemberaubendem Tempo. Die zweite »Titelfigur« des vierten Bandes sollte das letzte Wort bekommen: der Feuerkelch.

Die Reise nach München hat sich wirklich gelohnt – nicht nur wegen der tollen Lesung, sondern auch weil wir viele Gleichgesinnte trafen, die uns ermunterten, mit unseren Projekten weiterzumachen.

+++ Rufus Beck liest Harry Potter +++ Rufus Beck liest Harry +++

Wettbewerbe

Am beliebtesten sind inzwischen unsere zahlreichen Wettbewerbe – nicht nur weil es sowohl Preise als auch viele Hauspunkte zu gewinnen gibt, sondern vor allem wegen des dabei entstehenden Community-Gefühls. Durch die Einteilung der Schüler in die vier Häuser ist es jedem möglich, seinem Haus Ehre zu erweisen, indem er entweder ein Bild malt, ein cooles Foto schießt oder ein Gedicht oder eine Geschichte schreibt. Verständlicherweise sind die Gewinner dieser Wettbewerbe sehr hoch angesehen. Es wurden sowohl einige Gedichte als auch Bilder aus unseren Malwettbewerben in großen Zeitschriften und Tageszeitungen abgedruckt – doch das ist gar nicht so entscheidend. Durch das breite interaktive Spektrum der Sites hat nämlich fast jeder der Schüler eine Identität im Chat oder in der Großen Halle. Außerdem wird über die Gewinner der einzelnen Wettbewerbe immer eine Woche lang interaktiv abgestimmt. So haben am Ende eines solchen Votings oft mehr als 30 000 Schüler für die Gewinner abgestimmt.

Malen

Da der allererste Malwettbewerb, den wir unter dem Motto ›Zauberlehrer‹ ausgerufen hatten, für so viel Furore im HP-FC und in der Presse gesorgt hatte, haben wir seitdem schon fünf weitere veranstaltet. Die einzelnen Themen waren: Zauberschüler, Zauberschule, magische Geschöpfe, Zauberkarten und Chattertypen. Erfreulicherweise steigen die Teilnehmerzahlen von Mal zu Mal und unter den Bildern finden sich nicht selten richtige kleine Kunstwerke. Ein besonders groß angelegtes Projekt war übrigens das Zeichnen einer Landkarte vom Großraum Hogwarts – Thema war also nicht nur das Schloss, sondern auch der See, der Wald, das Dorf und das Zuggleis. Nur wer die Romane genau gelesen hatte, konnte sich an diesem Wettbewerb beteiligen – und es waren nicht wenige. Unsere Jury suchte die 40 schönsten Bilder aus und nach einer anschließenden Abstimmung standen die Gewinner fest. Die besten Bilder aus den letzten Malwettbewerben sind übrigens im Farbbildteil dieses Buches abgedruckt.

+++ Zauberwitze +++ Zauberwitze +++ Zauberwitze +++

Ein neuer Zauberschüler will Butterbier kaufen. Er geht in »Drei Besen« und sagt zu der Besitzerin: »Ich möchte bitte ein Kilogramm Butterbier.« Daraufhin die Frau: »Butterbier wird nicht gewogen, sondern gemessen!« Der Schüler lässt sich nicht beirren: »Gut, dann geben Sie mir bitte einen Meter!«

+++ Zauberwitze +++ Zauberwitze +++ Zauberwitze +++

Fotografieren

Nach dem dritten Malwettbewerb wurden im HP-FC kritische Stimmen laut, die es unfair fanden, dass man nur durch Malen eine Chance auf so viele Hauspunkte hatte. Alle anderen müssten hingegen, um einfach mal so 1000 Punkte zu erwerben, das Zauberexamen über hundert Mal durchspielen. Diese Kritik war natürlich nicht ganz unbegründet und so überlegten wir, welche Art Wettbewerb wir sonst noch anbieten könnten. Schließlich fielen uns die lustigen Fotos ein, die uns ein paar Tage zuvor von drei Geschwistern zugeschickt worden waren. Darauf waren sie als Harry, Ron und Hermine verkleidet – und die Idee zum Fotowettbewerb war geboren. Inzwischen haben wir mehrere Durchgänge des Fotowettbewerbs hinter uns und es war jedes Mal ein großer Spaß, die besten und originellsten Bilder auszusuchen. Unter den witzigsten Einsendungen waren Bilder von Harry aus Luftballons, von Krätze und Krummbein, die miteinander spielen, und sogar von einem Papagei mit einem Brief im Schnabel, der als Eulenersatz herhalten musste. Wie schon beim Malwettbewerb stimmten die Schüler interaktiv ab und kürten schließlich den Sieger. Die schönsten Fotos der letzten Wettbewerbe sind ebenfalls in diesem Buch zu sehen.

Dichten und Denken

Eine neue Wettbewerbsform ist seit kurzem der Konkurrenzkampf der Dichter und Denker. Das Problem bei den zahlreichen Mal- und Fotowettbewerben war, dass die Teilnehmer immer einen Scanner oder eine Digitalkamera benötigten, um teilnehmen zu können. Auch wenn viele Kinder ihre Zeichnungen und Fotos auch zu uns nach Hause schickten, war das keine endgültige Lösung. Im englischen Sprachraum sind so genannte »Fanfictons« zu verschiedenen Romanen sehr populär. Einen solchen Schreibwettbewerb wollten wir daher auch im HP-FC etablieren. Alles sollte so einfach wie möglich funktionieren, damit auch jüngere Kinder und Computerneulinge nicht ausgeschlossen waren. Und nach langem Hin und Her hatten wir dann auch die Ideallösung gefunden. Für unseren Wettbewerb der Dichter und Denker muss man nämlich nicht einmal Mails versenden können. Man tippt die Geschichte einfach in ein Formular auf unserer Webseite, das man dann abschickt. Der erste Wettbewerb war unterteilt in Poesie und Geschichten. Eine kritische Jury bekam innerhalb von zwei Wochen über tausend Gedichte und Geschichten zugesandt und hat sich nach der Auswertung des Wettbewerbs erst einmal bis auf weiteres Urlaub genommen …

Im Buch verteilt findet ihr übrigens auch einige der schönsten Gedichte.

The Making of HP-FC – die technische Seite

Nicht nur die Mitgliederzahlen haben sich innerhalb des letzten Jahres stark verändert, auch der Stil und die Qualität der Seiten des HP-FC haben sich verbessert. Im Laufe der Zeit hatten die Fans immer ausgefallenere Vorstellungen, wie unsere Seite aussehen sollte, und wir haben es uns weiterhin zur Aufgabe gemacht, möglichst alles umzusetzen, was gewünscht wird, sofern es technisch irgendwie machbar ist.

Nach wie vor sind Eulerei und (H)Eulerei die meistgenutzten Einrichtungen im HP-FC. In der Eulerei ist es möglich, Grußkarten zu versenden, in der (H)Eulerei werden dagegen lautstarke Heulerkarten aufgegeben. Täglich verschicken zwischen 8 000 und 18 000 registrierte Mitglieder 500 bis 5 000 Grußkarten und Heuler. Hier wollen wir euch mal einen kurzen Einblick in die technischen Voraussetzungen geben, die dazu nötig sind.

Alle diese interaktiven Angebote laufen über so genannte Skripte, die man an den verschiedensten Stellen einsetzen kann. Es gibt zahlreiche Skripte mit den unterschiedlichsten Funktionen, zum Beispiel Javascript. Javascript ist sehr einfach zu verstehen und doch kann man damit unglaublich viel anstellen. So lassen sich nicht nur

Animationen sehr einfach realisieren, sondern auch Spiele, Taschenrechner, Formulare und Cookies. Aufwendige, also rechenintensive Projekte sollte man allerdings besser nicht mit Javascript programmieren, weil sie dann relativ langsam wären.

Dafür sollte man besser andere Programme schreiben, etwa CGI-Skripte. Diese sind, einfach ausgedrückt, Programme, die auf dem Webserver ablaufen, ausgelöst durch Eingaben, die in einem Browser gemacht werden (so funktionieren viele Chats und Foren). Die Abkürzung CGI steht für »Common Gateway Interface« (deutsch: allgemeine Übergabeschnittstelle) und besteht aus grundlegenden Variablen und Mechanismen, die Informationen vom Browser zum Server weiterleiten. CGI-Programmierung ist anfangs sehr schwer zu durchschauen, doch wer sich schon öfter mit Quelltexten beschäftigt hat, kann die Abläufe durchaus nachvollziehen.

Wer selbst programmieren will, sollte sich vorab einige Quelltexte von funktionierenden Skripten anschauen und dann ein wenig herumprobieren (so haben wir es übrigens auch gemacht). Auf diversen Seiten gibt es so genannte Free-Scripts, die als gute Grundlage dienen können. Da diese leider meistens in Englisch abgefasst sind, verraten wir hier eine der besten Adressen für deutsche Skripte, nämlich www.tag4tag.com. Dort wurden verschiedene Skripte für Postkarten, Shopsysteme, Chats, Foren, Auktionen, Abstimmungen, Gästebücher und Spiele sowie die zugehörigen Anleitungen ins Deutsche übersetzt.

Die meisten User betreten wie selbstverständlich einen Chat oder bestellen online Bücher und CDs, ohne sich darüber im Klaren zu sein, wie die technische Seite funktioniert. Allerdings ist es immer besser zu verstehen, was genau vor sich geht, denn oft können Skripte auch Schäden anrichten und im schlimmsten Fall hat man dann einen Virus auf dem PC – und wer will das schon.

+++ Die Macher – Neues zum Film +++ Die Macher – Neues +++

Eigentlich sollte Steven Spielberg für den Film verantwortlich zeichnen, doch er konnte sich mit Frau Rowling nicht bezüglich des Hauptdarstellers und des Stils der Produktion (englisch oder amerikanisch) einigen. Schließlich wurde Chris Columbus gewonnen und der Film wird wohl (auch durch die fast ausnahmslos englischen Schauspieler) »very british«.

Funktion	**Name**	**Erfahrungen**
Direktor	Chris Columbus	mehrere Filme, z. B. Kevin allein zu Haus/in New York, Mrs Doubtfire
Drehbuchautor	Steve Kloves	Oscar-Nominierung für Wonderboys; schreibt bereits am Drehbuch zur Kammer des Schreckens
Cinematographer	John Seale	Oscar für Der englische Patient
Tiertrainer	Gary Gero	zahlreiche Filme, z.B. fast alle Disney-Filme, Tiertalent-Agentur in L.A.
Soundtrack	John Williams	17 Grammys, drei Golden Globes (z.B. Star Wars), fünf Academy Awards (z.B. E.T., Schindlers Liste)

+++ Die Macher – Neues zum Film +++ Die Macher – Neues +++

+++ Kurz und knapp +++ Kurz und knapp +++ Kurz und knapp +++

Wenn in London im September
seltsame Gestalten wandeln,
welche Zauberhüte tragen,
kann sich's nur um Schüler handeln.

So steht's jedenfalls in Büchern.
Diese wollen nur zum Zug,
um nach Hogwarts hinzufahren –
unauffällig? Das ist klug.

JKR hat sie beschrieben,
Zauberschüler groß und klein,
und sie lädt mit jedem Buch
uns in ihre Schule ein.

Mal kämpft Harry gegen Böses,
mal schleicht er nachts im Schloss herum,
ständig muss er Zaubern üben
manchmal fragt man sich, warum ...

Hermione (eine Freundin)
kann das ganz genau erklären:
»Wenn ›Du-weißt-schon-wer‹ zu uns kommt,
na, dann muss sich Harry wehren!«

Ron ist Harrys bester Freund,
geht mit ihm durch Abenteuer
und gemeinsam besiegten sie
schon so manches Ungeheuer.

Viel wär noch zu sagen über
Lehrer, Hauspokale, Besen,
doch wenn ich das alles schriebe,
müsste man das Buch nicht lesen.

Sarah Beck

+++ Kurz und knapp +++ Kurz und knapp +++ Kurz und knapp +++

Unterricht

Auch dieses Trimester ist es uns wieder gelungen, zahlreiche geschätzte Kollegen aus der internationalen Zauberwelt als Lehrkräfte für den Unterricht an unserem virtuellen Zauberinternat zu gewinnen. In liebevoller Zusammenarbeit mit Biologen sowie anderen Wissenschaftlern und Experten haben wir in den letzten Wochen und Monaten einen Lehrplan erstellt und in monatelanger Auswahl Versetzungstestfragen gesiebt. Leicht wird das Ganze in diesem Schuljahr nicht, aber für gewiefte Zauberlehrlinge wie euch ist die Versetzung – bei entsprechendem Einsatz – sicher kein Problem.

Und wie bereits versprochen, werden eure alten Lieblingsfächer, zum Beispiel Magische Geschöpfe, auch weiterführend behandelt, was jedoch nicht heißen soll, dass man mit diesem Band nicht in das jeweilige Thema einsteigen kann. Besondere Mühe haben wir uns damit gegeben, den Unterricht im Fach Zaubermathematik etwas verständlicher zu gestalten. Aber ihr wisst ja: Professor Carl Friedrich ist eine harte Nuss.

Trotzdem viel Spaß beim Entdecken des Neuen!

Chirologie

Hallo, liebe Schüler, ich bin euer neuer Lehrer im geheimnisvollen Fach Chirologie, das für alle Zauberschüler in diesem Trimester auf dem Lehrplan steht. Und für all diejenigen, die jetzt vielleicht denken: »Was für ein merkwürdiger Name!«, sei kurz erklärt, dass wir uns in den nächsten Wochen mit der Kunst des Handlesens befassen werden. Nach und nach werdet ihr lernen, aus winzigen Abweichungen und markanten Eigenschaften der Handlinien viel über euch, euer Gegenüber und die Zukunft zu erfahren. Dabei dürft ihr die Linien verschiedener Personen jedoch nicht blind vergleichen. Vielmehr müsst ihr verstehen, was sie von ihrem Besitzer erzählen. Bereits vor tausend Jahren gelangten die Asiaten in den Besitz von Zaubereraufzeichnungen über die Bedeutung von Handlinien, die unter dem Begriff ›Dermoglyphik‹ bekannt wurden. Und auch in der Welt der Zauberer spielt die Chirologie eine bedeutende Rolle. Ich werde euch nun einige Arbeitsblätter mit Tabellen und Zeichnungen austeilen. Bitte lest sie euch gut durch und lernt den Stoff für die nächste Stunde, damit wir schon bald mit den praktischen Übungen beginnen können.

Arbeitsblatt 1

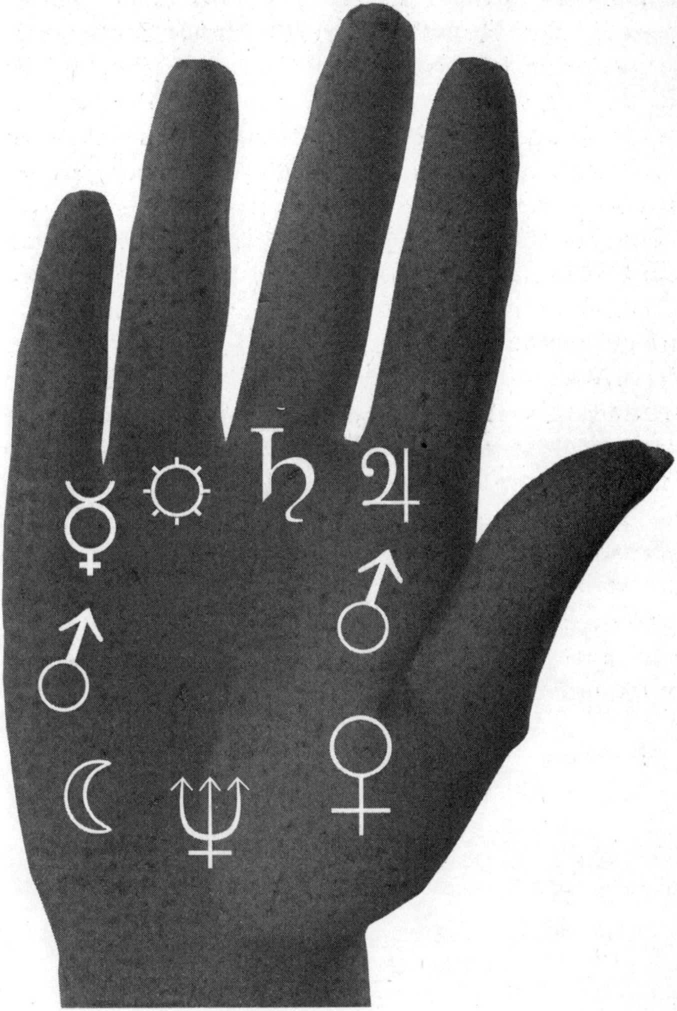

Arbeitsblatt 2

		Eigenschaften	Prinzipien	Beste Berufswahl
♄	Saturn	ernst, streng	traditionsbewusst	Wissenschaftler
♃	Jupiter	klug, geschäftstüchtig	gerecht	Jurist
♂	Kleiner Mars	mutig, kämpferisch	treu	Abenteurer
♀	Venus	herzlich, vital, fleißig	lebenslustig	Model
♆	Neptun	charmant, intuitiv	scharfsinnig	Künstler
☾	Mond	kreativ, sensitiv	verletzbar	Künstler, Psychologe
♂	Mars	prinzipienfest, dickköpfig	beharrlich	Offizier, Polizist
☿	Merkur	gesellig, fix	kontaktfreudig	Manager
○	Apollo	lustig, erfolgreich	spaßig	Show-Biz

Arbeitsblatt 3

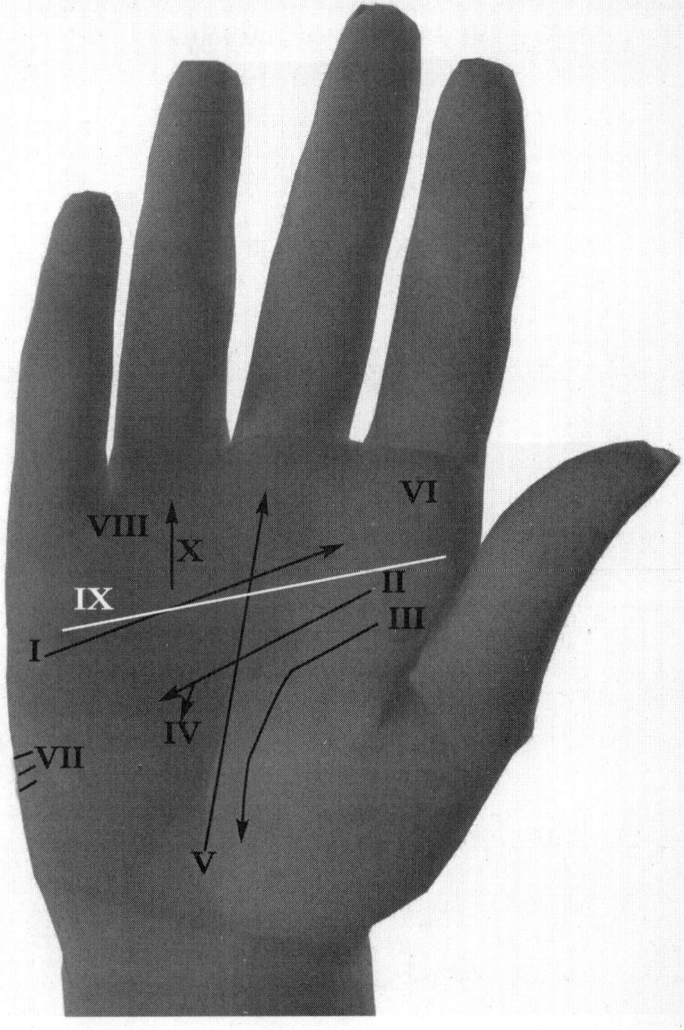

Arbeitsblatt 4

	Linie	Eigenschaften
I	Herzlinie	
	kurz	Kopf regiert das Herz
	lang und gerade	fleißig, zielstrebig
	lang und abgeknickt	abenteuerlustig
	zwei Herzlinien	liebevoll, attraktiv
	Ende mit Gabel oder Dreizack	warmherzig, idealistisch
	viele Äste	mehrere Partner oder hohe Ansprüche an Partner
II	Kopflinie	
	kurz	praktisch veranlagt, z.B. Mediziner
	lang	oft in Handel und Gewerbe
	lang und abwärts gebogen	Künstler
	Gabel aufwärts	Geschäftssinn
	Gabel abwärts	Kreativität, z.B. Schriftsteller
III	Lebenslinie	
	kurz	Verbindung mit Schicksalslinie: gravierende Änderung der Lebensumstände (Erbe, Lottogewinn, Auswanderung)
	zwei Lebenslinien	Doppelleben, oft Schauspieler
	Beginn hoch (dicht am Zeigefinger)	ehrgeizig, erfolgsorientiert
	Beginn tief (dicht am Daumen)	zufrieden, harmonieorientiert

	Linie	Eigenschaften
	Ende gegabelt	drastische Änderung (Auswanderung)
	Ende nah am Daumen	Begabung zum Heilen
	Ende vom Daumen entfernt (Handkante)	abenteuer-, reiselustig
	Verlauf: weiter Bogen um Daumen	gesellig
	Verlauf: dicht am Daumen	clever, geschäftstüchtig
IV	Schriftstellergabel	seltene Variante der Kopflinie, große kreative Begabung
V	Schicksalslinie	klare Linie zeigt richtige Berufswahl, Unterbrechungen sprechen für Berufswechsel
VI	Lehrerquadrat	große pädagogische Begabung
VII	Reiselinien	Neigung zu ausgedehnten Reisen
VIII	Humorschleife	trockener Humor
IX	Affenlinie	zusammenfallende Kopf- und Herzlinie, sehr selten, meist entweder Genie (Einstein) oder Kretin
X	Erfolgslinie	Erfolgspotential oft auch an passiver Hand ablesbar

Da uns in dieser Stunde noch genug Zeit bleibt, werde ich euch jetzt noch einen kleinen ersten Einblick in die Kunst des Handlesens geben und euch auf die wichtigsten Kriterien hinweisen.

Dominante und passive Hand

Die Hand, mit der wir schreiben, ist (meistens) die dominantere und verrät außerdem viel darüber, was wir aus unserem Leben gemacht haben. Die passive Hand hingegen zeigt das Potential, also die Möglichkeiten, die uns offen stehen. Vergleichen wir beide Hände miteinander, erkennen wir, was wir schon erreicht haben oder noch erreichen können. Vergesst dabei bitte nie, dass eure Zukunft nicht festgelegt ist, denn auch Handlinien werden stärker oder schwächer, können gebrochen werden oder heilen.

Richtung der Linien

Alle wichtigen Linien – Lebenslinien usw. – haben eine Richtung, die dem Verlauf von der Geburt bis zum Tod entspricht. Die Gesamtlänge hat übrigens nichts mit der Lebensspanne der einzelnen Personen zu tun – schließlich werden große Leute auch nicht älter als kleine. Man kann aber sehr wohl den ungefähren Zeitpunkt wichtiger Ereignisse abschätzen. Trifft die Schicksalslinie auf die Lebenslinie etwa in deren Mitte, ist mit einem einschneidenden Ereignis zwischen dem vierzigsten und fünfzigsten Geburtstag zu rechnen.

Länge und Dicke der Finger

Ein kräftiger kleiner Finger weist auf gute Kommunikationsfähigkeiten hin, ist lediglich der untere Teil des Fingers dick, verrät das eine große Sehnsucht nach Unabhängigkeit. Ein kräftiger Zeigefinger hingegen spricht für besonders ausgeprägten Ehrgeiz. Sind sowohl Daumen als auch kleiner Finger und Zeigefinger kräftig, so kann man auf große intellektuelle Fähigkeiten schließen.

Berge

Die Berge symbolisieren die Triebkräfte des Einzelnen, wobei die ausgeprägtesten auch den größten Einfluss haben. Um sie analysieren zu können, muss man die Handfläche etwas überstrecken und waagerecht fast auf Augenhöhe heben. Erst so bemerkt man nämlich das deutliche Relief.

Besondere Linien

Ein Strichmuster quer über der Herzlinie deutet auf Kaliummangel hin. Verlaufen mehrere Linien senkrecht zu den Fingerspitzen, sollte dringend eine Pause eingelegt werden – sie heißen nämlich nicht umsonst Erschöpfungslinien. Die so genannten Stresslinien verlaufen waagerecht in Daumenhöhe unterhalb der Kopflinie, auch sie geben Auskunft über die Gesundheit. Baut man Stress ab, verschwinden auch die gleichnamigen Linien wieder.

Ringe

Auch der Finger, an dem man seinen Ring trägt, verrät oftmals etwas über den Träger:

kleiner Finger – Machtstreben
Ringfinger – Treue
Mittelfinger – Sicherheitsbedürfnis
Daumen – alternative Lebensweise

So, ich glaube, das war genug Stoff für die erste Stunde, wir sehen uns dann nächste Woche. Wenn ihr noch Fragen habt, wisst ihr ja, wo ihr mich findet. Ansonsten wünsche ich euch viel Spaß mit diesem neuen Unterrichtsfach.

Tagesaufgabe

Kurz vor Ende der Unterrichtsstunde holte der Zauberkundelehrer eine Folie aus der Tasche, presste sie glatt an die Scheibe und zog sie vorsichtig wieder ab. Dann legte er die Folie auf das Pult und ließ mit einer Bewegung seines Zauberstabes eine Projektion davon an der Tafel erscheinen. Beim Anblick des undeutliche Abdrucks einer Hand rief ein Schüler: »Mit solchen Abdrücken suchen doch auch die Muggel-Kriminalisten in ihren Datenbanken nach Tätern.« – »Genau«, antwortete der Lehrer, »aber wenn der Täter nicht vorbestraft ist, dann versagt diese Methode. Doch nun zu dem Abdruck vom Fenster.« Er machte eine Pause und wartete, bis die Schüler die Hand eingehend betrachtet hatten.

Dann fuhr er fort: »Ich werde euch nun sämtliche charakteristischen Merkmale aufzählen und ihr sagt mir, von wem der Abdruck sein könnte. Seht ihr den kräftigen Zeigefinger? Das spricht für großen Ehrgeiz. Von dort verläuft die lange Herzlinie (I) – beachtet bitte die zahlreichen Äste, die sich zur darunter liegenden Kopflinie (II) neigen. Das spricht für einen aufmerksamen und beliebten Menschen, der allerdings nicht viel von Treue hält. Diese kleine Humorschleife (VIII) hier zwischen Ring- und kleinem Finger deutet hingegen auf einen ungewöhnlichen Humor hin, der nicht bei jedem ankommt.« Erstes Tuscheln und Schmunzeln breitete sich unter den Jungs der Klasse aus. »Seht euch mal diese interessante Variante der Kopflinie an, man bezeichnet sie als Schriftstellergabel (IV). Leider fehlt die darunter liegende Gabel, welche die Vorliebe für Tatsachenberichte kennzeichnet. Unser Unbekannter hält es also nicht so genau mit der Wahrheit und verfügt über eine ausgeprägte Fantasie.« Bei diesem Satz fingen einige Schüler laut an zu lachen, doch der Lehrer fuhr unbeirrt fort. »Oh, was haben wir denn da? Eine unterbrochene, von der Lebenslinie (III) gekreuzte Schicksalslinie (V). Das ist ein typisches Zeichen für einen Berufswechsel. Na ja, ich sehe auch kein Lehrerquadrat (VI), dafür aber zahlreiche Reiselinien (VII). An der Form des Abdrucks erkennt man übrigens sofort, dass diese Hand zu einem männlichen Wesen gehört.« Der Lehrer schmunzelte und ließ den Blick über die Klasse gleiten. Nun müsstet ihr mir eigentlich sagen können, um wessen Abdruck es sich handelt!«

Na, wisst ihr es auch? Selbstverständlich könnt ihr die Tabellen und Aufzeichnungen, vor allem das Arbeitsblatt 3, auf dem die Handlinien mit römischen Ziffern gekennzeichnet sind, aus der Chirologiestunde zur Lösung der Aufgabe benutzen.

Graphologie

Guten Tag, liebe Schüler, herzlich willkommen im neuen Schuljahr an unserem Zauberinternat. Wie ihr schon wisst, warten in diesem Trimester einige neue Fächer auf euch, und die Graphologie, deren Geheimnisse ich euch näher bringen darf, zählt unter anderem dazu. Damit ihr einen ersten Eindruck von dieser spannenden Materie bekommt, werde ich euch jetzt erst einmal eine kurze Geschichte erzählen, die sich neulich in einem berühmten Zauberinternat zugetragen haben soll – sicher wisst ihr, wovon ich rede ...

Nach dem Zauberkunstunterricht fliegt die Tür vom Klassenzimmer auf und Ron stürmt wutentbrannt aus dem Raum – gefolgt von Harry und Hermine.

»Der Flitwick spinnt doch, echt! Form: 4–! Was hat der bloß immer mit seiner Form? Ist doch ganz egal, WIE ich schreibe, das Einzige, was zählt, ist doch, WAS ich schreibe. Wen interessiert denn bitte meine Handschrift?«

»Aber Ron, der Professor hat das nur gesagt, weil er deine Schrift nicht lesen konnte«, meint Harry.

»Oder weil der Giftzwerg keine Lust hat, sich beim Lesen ein bisschen Mühe zu geben!«, erwidert Ron.

»Habt ihr beiden denn noch nie was von Graphologie gehört?«, mischt sich Hermine etwas entrüstet ins Gespräch ein. Wie aus einem Mund fragen Ron und Harry: »Wovon?«

»Graphologie. Heute Nachmittag gibt es eine Vorlesung zu diesem Thema. Das ist wirklich eine spannende Sache.«

Ja, liebe Schüler, Hermine hat Recht. Und daher möchte ich euch heute das Wesen der Graphologie erklären. Einige von euch werden noch nicht so genau wissen, was es mit dieser Wissenschaft auf sich hat. Um es kurz zu machen: Hierbei werden aufgrund der Handschrift Aussagen über die Persönlichkeit des Verfassers gemacht. Jeder Mensch setzt beim Schreiben unbewusst Zeichen und Formen, die seinen Charakter widerspiegeln. Außerdem lassen sich auch Krankheitsanlagen und bestimmte berufliche Fähigkeiten aus der Handschrift erkennen.

Ich werde euch jetzt die verschiedenen Grundkriterien dieser Wissenschaft erläutern und anschließend könnt ihr eure eigene Handschrift oder die eurer Freunde analysieren. Dabei werdet ihr sicher viele interessante Überraschungen erleben und feststellen, dass einige von euch eine unverkennbare Handschrift haben.

Zonen

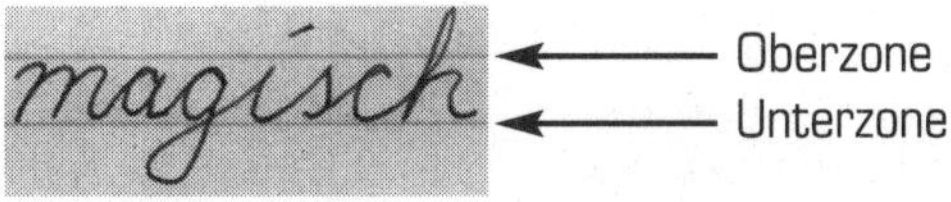

In die Oberzone reichen folgende Buchstaben:
b, d, h, k, l, t.
In die Unterzone reichen: g, j, p, q, y.
Eine Ausnahme bildet der Buchstabe f, da er in allen Zonen auftaucht.

Die *Oberzone* steht für den Geist.

stark ausgeprägt	**schwach ausgeprägt**

fantasievoll, geistig rege	fantasielos, geistig träge
ideenreich, ehrgeizig, idealistisch, leicht zu begeistern, oberflächlich, neigt zur Selbstüberschätzung	freiheitsliebend, realitätsnah, kaum ausgeprägte intellektuelle Interessen

Die *Unterzone* spiegelt Körperlichkeit, Sinnlichkeit und das Materialistische wider.

stark ausgeprägt	**schwach ausgeprägt**
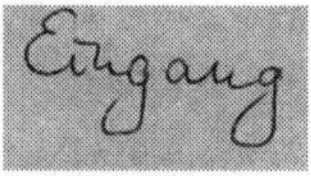	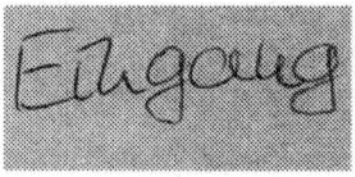
bodenständig, tief im Boden »verwurzelt«	realitätsfern, noch keinen Halt gefunden
realistisch	neigt zu Unlust, leicht frustriert

stark ausgeprägt	**schwach ausgeprägt**
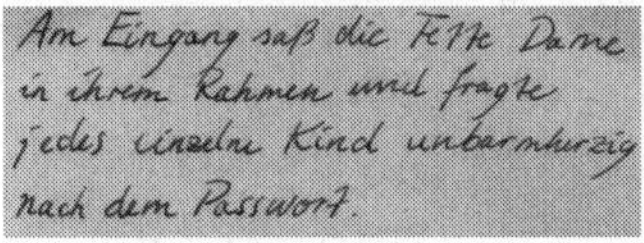	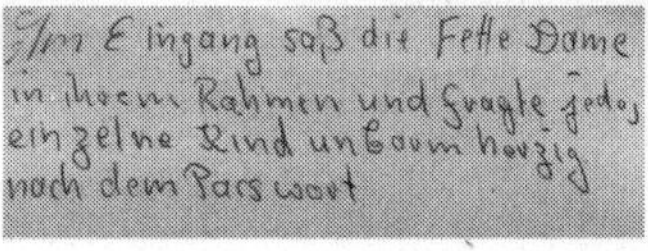
geringe Schwankungen zwischen den Wörtern, gleich bleibender Neigungswinkel (nur steil und rechtsschräg), gleichmäßige Größe und Weite, gleichmäßiger Druck und gerader Zeilenverlauf	schwankender Neigungswinkel, sich ändernde Schriftgröße und -weite, Wechsel zwischen starkem und schwachem Druck, ungleichmäßige Zeilenführung
→ sehr diszipliniert, willensstark, beherrscht	→ gefühlsbetont, impulsiv, neigt zu Meinungs- und Stimmungsschwankungen
Ausnahme: regelmäßig linksschräg 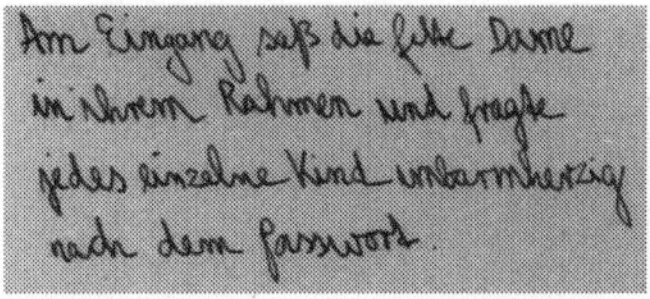 → traditionsverbunden, egozentrisch, misst Vergangenheit größeren Stellenwert zu als Gegenwart oder gar Zukunft	

Schriftlage

rechtsschräg	**steil**	**linksschräg**
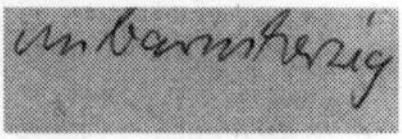	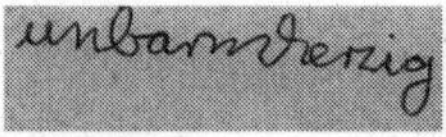	
kontaktfreudig, aufgeschlossen, verbindlich, aktiv, unternehmungslustig, offen,	beherrscht, pflichtbewusst, zurückhaltend, diszipliniert, geradlinig,	ängstlich, unsicher (überspielt durch Arroganz oder Blasiertheit), kapselt sich ab,
Hinwendung zum DU, vom Herz regiert	vom Verstand regiert	Hinwendung zum ICH
→ entgegenkommend, geht auf andere zu	→ nicht beeinflussbar, stolz	→ wenig kontaktfreudig oder -fähig, introvertiert, ablehnend

Schriftweite

eng	**weit**
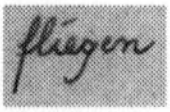	
konzentriert, zurückhaltend, zuverlässig, vorsichtig (gegenüber anderen)	spontan, unternehmungslustig, vital, entspannt, erfolgsorientiert, optimistisch
zögerlich, antriebsschwach, steif	ungenau, ungeduldig

Zeilenverlauf

gerade	**aufsteigend**	**absteigend**	**unregelmäßig**
		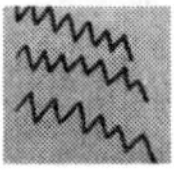	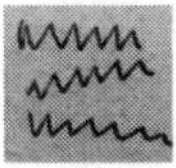
beständig, stabil, ausdauernd	optimistisch, voller Elan, ehrgeizig, zuversichtlich		unabhängig
langweilig		mutlos, melancholisch, ohne großen Lebensmut	opponierend, disziplinlos

Vier Bindungsformen

Girlande	Arkade	Winkel	Faden

gutmütig, kontakt-freudig, verbindlich	diszipliniert, konzentriert, widerstands-fähig	beständig, konsequent, zielstrebig	vielseitig, einfühlsam, diploma-tisch
leicht aus-zunutzen, beeinfluss-bar, bequem	verschlossen, abwehrend, heuchlerisch	eigenwillig, hart, ver-bohrt, kaum kritikfähig	labil, insta-bil, schau-spielert gerne, nachlässig

Natürlich bietet diese Auflistung nur einen ersten Einblick, zumal ich die einzelnen Kriterien ein wenig verallgemeinert habe. Außerdem ist Graphologie ohne Intuition praktisch unmöglich. Nur wer Kopf und Bauch gleichermaßen einsetzt, wird etwas über den Schreiber erfahren können.

So, nun habt ihr einen ersten Eindruck von der Arbeit eines Graphologen bekommen. Ich hoffe, der Unterricht hat euch Spaß gemacht und ihr versucht euch gleich an euren Freunden.

Tagesaufgabe

Die folgende Schriftprobe stammt von einer Zauberschülerin aus Hogwarts. Sieh sie dir genau an und versuche herauszufinden, von wem sie stammt.

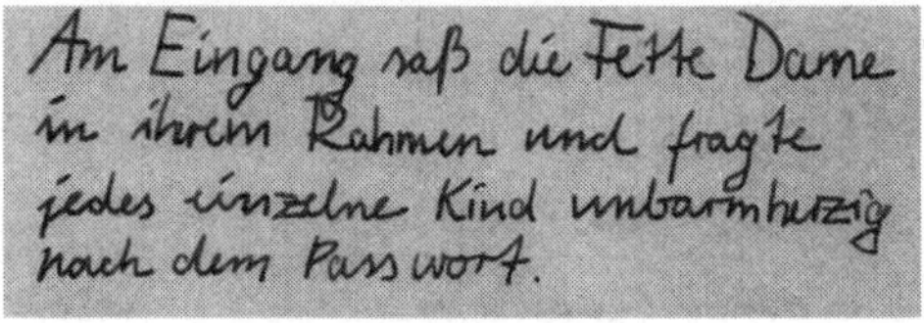

Anhand der stark ausgeprägten Oberlängen lässt sich erkennen, dass die gesuchte Person ehrgeizig ist und sich geistig rege betätigt. Die recht stark betonten Unterlängen verraten, dass unsere Person bodenständig und realitätsnah lebt, sie wird aus einer funktionierenden Familie kommen. Die Person schreibt in einem regelmäßigen Schriftbild und mit geradem Zeilenverlauf – das zeugt von Willensstärke und Ausdauer. Die steile Schriftlage in Kombination mit der Verbindungsform von Winkeln lässt auf eine verunftgesteuerte Person schließen, die zielstrebig und konsequent ihre Pläne verwirklicht, dafür aber wenig Kritik verträgt und ein stolzer (manchmal arrogant wirkender) Mensch ist. Trotzdem hat sie ein gutes Herz und ein großes Pflichtgefühl. Ihre Zuverlässigkeit macht sie zu einer sympathischen Persönlichkeit. Trotz vieler Erfolge möchte sie nicht unbedingt im Mittelpunkt stehen, sondern ist im Großen und Ganzen zurückhaltend, wie uns die enge Schrift verrät.

Na, um wen handelt es sich wohl?

+++ Der Countdown läuft – Neues zum Film +++ Der Countdown +++

Mit Spannung wird in aller Welt der Fortgang der Filmarbeiten zum ersten Band verfolgt. Die Arbeiten zur deutschen Synchronisation haben bereits begonnen, die Premierenvorbereitungen laufen – unter HP-FC Beteiligung – an. Wir bekommen übrigens 100 Freikarten für die größten Fans. Und wer es gar nicht mehr erwarten kann: Auf unserer Site ist der vielversprechende Trailer, der kürzlich veröffentlicht wurde, abrufbar.

+++ Der Countdown läuft – Neues zum Film +++ Der Countdown +++

+++ Zauberwitze +++ Zauberwitze +++ Zauberwitze +++

Zwei Zauberschüler reden im Unterricht: »Du«, sagt der eine „meine Füße sind eingeschlafen.« Darauf der andere: »So wie die riechen, könnte man meinen, dass sie schon längst tot seien.«

+++ Zauberwitze +++ Zauberwitze +++ Zauberwitze +++

+++ Neues von der Zauberzeitung +++ Neues von der Zauber +++

Wie allen bereits bekannt sein dürfte, gibt es in der Welt der Zauberer nicht nur ein eigenes Transportsystem (Portschlüssel, Flohpulver, Besen), eine andere Währung und völlig verschiedene Sportarten, sondern auch ein eigenes Radio und eine Zeitung. Während wir vom HP-FC am Radio noch arbeiten, ist es uns jedoch gelungen, eine entsprechende Zauberzeitung online für unsere Zauberschüler herauszugeben. Die Abonnenten sind sehr zufrieden und auch der neue Chefredakteur hat es sich zur Aufgabe gemacht, weiterhin spannende, kritische und informative Artikel zu gewährleisten. Wer in einer alten oder der aktuellen Ausgabe schmökern möchte, kann dies auf unserer Homepage unter www.hp-fc.de gerne tun.

+++ Neues von der Zauberzeitung +++ Neues von der Zauber +++

Eulenkunde

Hallo, meine lieben Zauberschüler. Eines der neuen Fächer in diesem Trimester ist Eulenkunde, worin ich euch in den nächsten Stunden unterrichten werde. Dass es sich hierbei um sehr wichtiges Wissen handeln wird, welches ihr in vielen Situationen gebrauchen werdet, könnt ihr euch sicher denken. Eulen spielen bei uns Zauberern nämlich eine weitaus größere Rolle als in der Welt der Muggel, obwohl die Eulen auch dort eine nicht unerhebliche, zum Teil sogar mystische Bedeutung haben. Deshalb ist es wichtig, dass ihr mir gut zuhört und euch den Stoff gut einprägt. Zunächst einmal werde ich euch eine Tabelle mit allen für Zauberer interessanten Eulenarten austeilen, dann werden wir uns mit der Spezies der Kanincheneule genauer befassen.

Auch die Eulen werden nach strengen Regeln bzw. Merkmalen von Zoologen klassifiziert und eingeteilt, was ihr der ausgeteilten Tabelle entnehmen könnt.

Die meist nachtaktiven Tiere haben eine Reihe anatomischer Besonderheiten, die für ihr spezielles Leben von Bedeutung sind. So sind beispielsweise die Sinnesorgane bei Eulen extrem stark ausgeprägt und weichen von denen der anderen Vögel deutlich ab. Alle Eulen haben Ohrdeckel, oft noch durch Federbüschel vergrößert, die es ihnen erlauben, die Herkunft von Geräuschen präzise zu bestimmen. Auch können Eulen ihren Kopf um bis zu 270 Grad herumdrehen, was besonders wichtig ist, weil ihre Augen starr in den Höhlen sitzen.

Die großen, lichtstarken Augen (große Pupille, viele Stäbchen) der Eulen sind beide nach vorn gerichtet, weswegen die Tiere auch ein kleineres Gesichtsfeld haben. Ihr räumliches Sehvermögen ist dafür aber umso ausgeprägter, sogar größere Entfernungen können sie genau abschätzen – ein enormer Vorteil bei der Jagd. Als Letztes möchte ich euch noch darauf hinweisen, dass Eulen eine Besonderheit haben, die sich bei keinem anderen Vogel auf der Welt findet: ein zweites Augenlid. Dies ist die so genannte Nickhaut, die das Auge beim Beutegriff schützen soll.

Zur Tabelle sei noch erwähnt, dass die Gattung der Eulen (Strigiformes) aus zwei Familien besteht: Da wären zum einen die Schleiereulen und zum anderen die Eulen mit insgesamt 26 Gattungen und 144 Arten.

+++ Butterbier-Rezept +++ Butterbier-Rezept +++ Butterbier +++

Klirrende Kälte, der pfeifende Winterwind, Schneegestöber und die allzu früh einbrechende Nacht treiben die Hexen und Zauberer in die warme Stube, um sich bei heißem Butterbier aufzuwärmen. Für alle Leser, die die Wirkung des zauberhaft wohltuenden Gesöffs am eigenen Leib ausprobieren möchten, sei hier das Rezept genannt:

Zutaten:

½ l Milch	4 Gewürznelken
½ l dunkles Bier	1 Zimtstange
60 g Zucker	4 Eier

Zubereitung: Die Zutaten gut verrühren und bei mittlerer Hitze so lange erwärmen, bis die Masse allmählich steif wird. Sofort in feuerfeste Gläser füllen und heiß servieren.

Viele angenehme und erholsame Stunden mit Butterbier wünscht RedDiadem

+++ Butterbier-Rezept +++ Butterbier-Rezept +++ Butterbier +++

Schleiereulen (Tytonidae)

zwei Gattungen, elf Arten

Gattung	Merkmale	Verbreitung	Aufzucht
Echte Schleiereulen (Tyto) 	neun Arten, 36 Unterarten; Gesamtlänge (GL): 34 cm; Spannweite (SW): 95 cm; Gewicht (G): 300 g; kleine Augen; lange, spitze Flügel; herzförmiges Gesicht	Südamerika, Australien, Europa	Bodenbrüter; brutplatztreu; Dauerehe; 4–7 Eier 30 Tage Brut; frisst Kleinsäuger; Männchen füttert
Maskeneulen (Phodilus) 	zwei Arten; GL 30 cm; kurze, breite Flügel; breiter Kopf; große Augen; Federohren; Färbung erinnert an Zwergohreule	Urwälder Südostasiens und Afrikas	Bodenbrüter; 3–5 Eier; genaue Brutzeit unbekannt; frisst Kleinsäuger, Vögel, Reptilien

Eulen (Strigidae)

Unterfamilien: Echte Eulen/Ohreulen und Käuze
24 Gattungen, 133 Arten

Echte Eulen (Buboninae)

18 Gattungen

Gattung	Merkmale	Verbreitung	Aufzucht
Zwergohreulen (Otus scops) 	30 Arten; GL 19 cm; G 100 g; zierlich gestreiftes Gefieder; auffällige Federohren; charakteristische Kjü-Laute; ziemlich große Augen	Südeuropa, Russland, Indien, Südostasien; überwintert in Afrika	brütet in Höhlen, Löchern und verlassenen Nestern; 4–6 Eier; Brutdauer 24–26 Tage; frisst Insekten, selten Mäuse
Guinea-Eulen (Jubula lettii)	GL 35 cm; auffällige Ohrbüschel; kleine Füße; intensiv gelbe Augen	überwiegend Guinea	Brut- und Lebensweise unbekannt
Tropische Haubeneulen (Lophostrix cristata)	GL 40 cm; SW 100 cm; gelbe Augen; helle Ohrbüschel; kurze Federohren; braunes Federkleid	tropische Wälder	Brut- und Lebensweise unbekannt

Echte Eulen (Buboniae)

18 Gattungen

Gattung	Merkmale	Verbreitung	Aufzucht
Uhus (Bubo bubo) 	GL 63-73 cm; SW 170 cm; G 2000–2500 g (Männchen), 2500–3200 g (Weibchen); große Augen; orangefarbene bis rote Regenbogenhaut; wird bis zu 60 Jahre alt; dumpfer, unheimlich klingender Ruf	Mitteleuropa, vorwiegend Mittelgebirge und Alpen	reviertreu; Felsnischen und Höhlen als Brutplatz; 2–3 Eier; Brutdauer 35 Tage; nach sechs Wochen flugfähig; frisst Säugetiere bis Hasengröße, Vögel, Fische
Fischuhus (Ketupa) 	vier Arten; kräftige Federohren; große, gelbe Augen; unbefiederte Zehen; kürzere und rundere Flügel als der Uhu	ausschließlich Asien	zwei Eier; frisst überwiegend Fische

Echte Eulen (Buboniae)

18 Gattungen

Gattung	Merkmale	Verbreitung	Aufzucht
Fischeulen (Scotopelia) 	drei Arten; im Gegensatz zum Fischuhu keine Federohren; unbefiederte Beine; runder Kopf; lange Zehen; wird bis 15 Jahre alt	auschließlich Afrika	vier Eier; frisst vor allem Fische
Brillenkäuze (Pulsatrix perspicillata) 	drei Arten; dunkles Gesicht; weiße Augenbrauen (Brille); GL 50 cm; G: Männchen 600 g, Weibchen 800 g; gelborangefarbene Regenbogenhaut	Südamerika	frisst kleine Wirbeltiere und Insekten

Echte Eulen (Buboniae)

18 Gattungen

Gattung	Merkmale	Verbreitung	Aufzucht
Schnee-eulen (Nyctea scandiaca)	weißes Gefieder; gelbe Augen; Beine und Zehen dicht weiß befiedert; sehr markanter Ruf bei Gefahr; tagaktiv	Nordamerika, Nordeuropa	Bodenbrüter; 7–9 Eier (nur in nahrungsreichen Jahren); Brutzeit 35 Tage; nach neun Wochen flugfähig; frisst Mäuse, Kleinsäuger, Kleinvögel
Sperber-eulen (Surnia ulula) 	langer Schwanz; falkenähnlicher Flug; kleine, gelbe Augen	Nordamerika, Nordeuropa	geschlechtsreif nach einem Jahr; 5–7 Eier; Bodenbrüter; Brutzeit ca. vier Wochen; frisst Kleinsäuger und mittelgroße Vögel
Sperlings-käuze (Glaucidium passe-rinum) 	13 Arten; GL 16 cm; G etwa 60–75 g; kann sehr unterschiedliche Laute von sich geben; Federohren	Mittel- und Nordeuropa, vorwiegend in Nadelwäldern im Gebirge	brütet in Buntspechthöhlen; 5–7 Eier; nach vier Wochen flugfähig; frisst Mäuse, Kleinvögel

Echte Eulen (Buboniae)
18 Gattungen

Gattung	Merkmale	Verbreitung	Aufzucht
Elfenkäuze (Micrathene whitneyi) 	kleinste Eule der Welt; GL 15 cm; kurzer Schwanz; weiße Schleierumrandung	Südwesten der USA, Mexiko	brütet in Spechthöhlen; 3–5 Eier; Brutzeit 24 Tage; frisst Insekten, Larven, kleine Wirbeltiere
Rundflügelkäuze (Uruglaux dimorpha)  ***Habichtskauz***	GL 34 cm; braun mit dunklen Längsstreifen; goldene Augen	Neuguinea	Lebensweise nur wenig bekannt

Echte Eulen (Buboniae)

18 Gattungen

Gattung	Merkmale	Verbreitung	Aufzucht
Buschkäuze (Ninox)  ***Graubuschkauz***	16 Arten; sehr unterschiedliche Größen; langer Schwanz	Indoaustralischer Raum, Madagaskar	Höhlenbrüter; 2–3 Eier; frisst Kleinsäuger (bis Hasengröße), Reptilien
Kubakäuze (Gymnoglaux lauwrencii)	GL 20 cm; Männchen größer als Weibchen; Beine nicht befiedert; Oberseite braun, Unterseite weiß mit dunklen Längsflecken; braune Augen	Kuba, Pinos	brütet in Baum- und Felshöhlen; zwei Eier; frisst Kleinsäuger
Weißwangenkäuze (Sceloglaux albifacies)	auch Lacheule genannt; gelbbraune Augen; Ober- und Unterseite dunkelbraun mit ockerfarbenen Flecken	Neuseeland	brütet in Erdhöhlen oder in Felsspalten; drei Eier; Brutzeit 25 Tage

Echte Eulen (Buboniae)

18 Gattungen

Gattung	Merkmale	Verbreitung	Aufzucht
Steinkäuze (Athene noctua)	drei Arten; GL 20 cm; G 180–190 g; kurzer Schwanz; ruft »kuwitt-kuwitt«, was ähnlich klingt wie »Komm mit, komm mit«; schauerliche Geschichten ranken sich um sie, daher auch Toteneule genannt	Mitteleuropa, Nordafrika, auch Neuseeland und Indien	Dauerehe, brütet in Baumhöhlen; 3–6 Eier; Brutzeit drei Wochen; Brut vom vorletzten gelegten Ei an; frisst Insekten, Würmer, Mäuse, Frösche
Kanincheneulen (Speotyto cunicularia) 	lange Beine; Größe wie Steinkauz; klappert bei Gefahr wie eine Klapperschlange	westliches Mittelamerika, Südamerika	brütet in Erdhöhlen von Reptilien oder Kleinsäugern; errichtet auch eigenen Bau; 6–9 Eier; Brutzeit 28–29 Tage; frisst Insekten, Kleinsäuger, Schlangen, Frösche, Eidechsen, Kleinvögel

Echte Eulen (Buboniae)

18 Gattungen

Gattung	Merkmale	Verbreitung	Aufzucht
Tropenwaldkäuze (Ciccaba)	fünf Arten; ähnlich dem Waldkauz; längerer Schwanz; helle Augenbrauen; hellbraune Augen	tropische Wälder der Amerikas und Afrikas	weitgehend unbekannt

Ohreulen und Käuze (Striginae)

6 Gattungen

Gattung	Merkmale	Verbreitung	Aufzucht
Käuze (Strix)  *Waldkauz* *Streifenkauz* *Bartkauz*	elf Arten; häufigste Eule in ihrem Verbreitungsgebiet; GL 41–60 cm; SW 100–150 cm; G 500–1000 g (Weibchen oft größer); Ruf klingt wie schallendes Jauchzen	Europa (Waldkauz), Nord- und Mittelamerika (Bartkauz)	Waldkauz: brütet in Höhlen und Spalten oder Fuchsbauen; 3–5 Eier; Brutzeit vier Wochen; weiße Jungen; frisst Kleinsäuger, Vögel, Fische Bartkauz: größter Kauz; brütet in Greifvogelhorsten

Ohreulen und Käuze (Striginae)

6 Gattungen

Gattung	Merkmale	Verbreitung	Aufzucht
Streifenohreulen (Rhinoptynx)	braune Augen; Größe wie Waldohreule	Süd- und Mittelamerika	weitgehend unbekannt
Ohreulen (Asio)  ***Sumpfohreule***	sechs Arten; lange Federohren; orangefarbene Augen; GL 36 cm; G 300 g; Unterseite deutlich heller als Oberseite	nördliche Erdhalbkugel, Süden von Südamerika	brütet in Bodenmulden; 3–7 Eier; Brutzeit ein Monat; nach vier Wochen flugfähig; frisst Kleinsäuger, vor allem Wühlmäuse
Jamaika-Ohreulen (Pseudoscops grammicus)	ähnelt der Zwegohreule; sehr dunkle Augen; Unterseite besonders dunkel	Jamaica	weitgehend unbekannt

Ohreulen und Käuze (Striginae)

6 Gattungen

Gattung	Merkmale	Verbreitung	Aufzucht
Salomonen-Eulen (Nesasio solomonensis)	keine Federohren; gelbe Augen; dunkles Gefieder; ähnelt der Sumpfohreule	Salomonen-Inseln, vorwiegend Wälder	weitgehend unbekannt
Raufußkäuze (Aegolius) 	vier Arten; gelbe Augen; GL 25 cm; SW 55 cm; G 130 g; dicker Kopf mit rundem Gesichtsschleier	Eurasien, mittleres Nordamerika	brütet vorwiegend in Spechthöhlen; 4–7 Eier; Brutzeit 26–28 Tage; weiße Jungen; nach fünf Wochen flugfähig, werden aber weiter versorgt; frisst Mäuse, Käfer

Ausführlich wollen wir uns in dieser Stunde nun mit der Kanincheneule (Speotyto cunicularia) befassen.

Diese Eulenart ist besonders interessant, da sie zur Abschreckung von Feinden Klappergeräusche von sich geben kann, die denen der Klapperschlange stark ähneln. Ihren Namen verdankt sie übrigens ihrer Eigenart, verlassene Höhlen oder Nester von anderen Tieren, zum Beispiel Kaninchen, zu nutzen.

Dort sowie in geschützten Bodenmulden legt sie im Februar ihre Eier, meist zwei bis zehn. Etwa einen Monat lang wechseln sich beide Eltern mit dem Brüten ab, bevor die Jungtiere – übrigens anders als bei Greifvögeln blind und mit geschlossenen Ohren – dann schlüpfen. Bereits nach sechs Wochen verlassen die Küken das Nest und da sie zu diesem Zeitpunkt natürlich noch nicht fliegen können, klettern und hüpfen sie umher. Sie werden weiterhin – bis sie nach zwei bis drei Monaten fliegen können – von den Eltern gefüttert.

Solltet ihr jemals eine verlassene Jungeule finden, was in Zaubererkreisen ja hin und wieder vorkommt, sei euch Folgendes gesagt: Eine junge Eule aufzuziehen erfordert viel Mühe und Wissen. Man kann die Tiere mit magerem, rohem Fleisch, unter das man etwas Kalk, Federchen, Haare und Kleie mischt, füttern. Etwas einfacher geht es zur Not auch mit Welpenfutter, dem man ebenfalls Federchen und Haare beimengen sollte. Dies ist sehr wichtig, damit die Kleinen sich daran gewöhnen, die unverdaulichen Nahrungsbestandteile als »Gewölle« wieder herauszuwürgen. An der Schnabelspitze hat eine jede Eule übrigens so genannte Tastborsten, die ihr antippen müsst, damit sie ihren Schnabel öffnet.

Nach einem Jahr sind die Eulen übrigens geschlechtsreif und können brüten. Sie bleiben in der Regel in einem Gebiet und suchen dort auch ihren Partner fürs Leben.

So, das soll für den ersten Unterrichtstag reichen. Ich hoffe, ihr hattet Spaß an diesem interessanten Thema, über Eulen gibt es nämlich noch jede Menge spannende Details zu entdecken.

Tagesaufgaben

Aufgabe 1

Schreibe den lateinischen Namen der folgenden Eulenarten in die dafür vorgesehenen Felder.

Tropische Haubeneulen

Fischeulen

Sperlingskäuze

Steinkäuze

Jamaica-Ohreulen

+++ Zauberwitze +++ Zauberwitze +++ Zauberwitze +++

Warum ist Malfoy so blass? – Er hat in den Spiegel geschaut.

+++ Zauberwitze +++ Zauberwitze +++ Zauberwitze +++

AUFGABE 2

Welche der nachfolgend genannten Eulenarten kommen hauptsächlich in Mittel- und Südamerika vor?

Kanincheneulen
Jamaika-Ohreulen
Raufußkäuze
Schleiereulen
Streifeneulen

AUFGABE 3

Ordne die in unten stehendem Kasten aufgeführten Begriffe den folgenden drei Eulenarten zu.

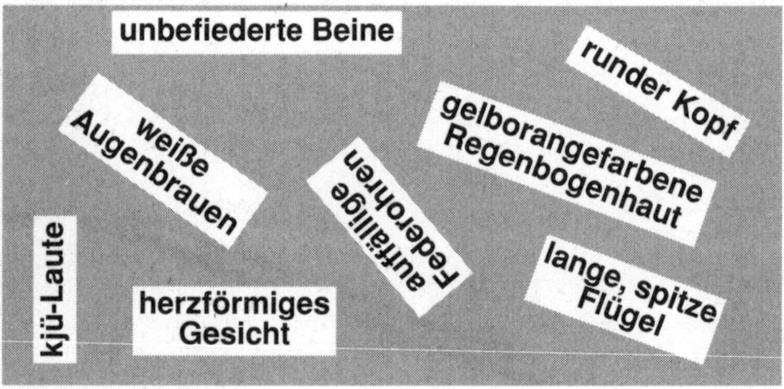

1. Zwergohreule

2. Echte Schleiereule

3. Fischeule

4. Brillenkauz

Zauberhomepages

Guten Tag, schön, euch nach den Ferien wieder begrüßen zu dürfen. Im letzten Schuljahr haben wir ja den Grundstein zu eurer ersten eigenen Homepage gesetzt. Ihr habt gelernt, eine HTML-Seite zu programmieren, Texte zu editieren und Hintergründe zu erstellen. Wiederholen können wir den Stoff vom letzten Jahr an dieser Stelle leider nicht, schließlich könnt ihr die letzte Lektion anhand unserer Homepage oder dem Buch zum letzten Schuljahr nacharbeiten. Und nun legen wir gleich mit dem neuen Stoff los:

Wie man ganz besondere Farben erzeugt

Das Einstellen der Hintergrundfarbe erfolgt über das Hexa-Dezimalsystem, das aus 16 Zeichen besteht (0,1,2,3,4,5,6,7,8,9,A,B,C,D,E,F). Dabei gibt es drei Grundfarben, nämlich Rot, Grün und Blau – in genau dieser Reihenfolge von links nach rechts. Für einen rein blauen Hintergrund müsst ihr beispielsweise Rot und Grün auf null stellen und Blau auf F. Das Ganze sieht dann so aus: #0000FF. Wenn ihr jetzt das Ganze ein wenig violetter wirken lassen möchtet, müsst ihr nur Rot ein wenig aufdrehen und die beiden rechten Nuller durch eine andere Zahlenkombination ersetzen, etwa 9400FF. So kann sich jeder seine eigene Farbe für die eigene Site mischen, ihr müsst nur ein wenig herumprobieren. Schreibt euch aber auf, was ihr eingestellt habt, damit ihr die Farbe noch mal mixen könnt, ohne lange herumzuprobieren.

Für diese Übung ist ein Scanner unabdingbar. Allerdings werden beim Scannen meist TIF-Dateien (*tagged image format*) erzeugt, die fürs Internet leider nicht zu gebrauchen sind. Als Erstes müsst ihr sie daher mit CorelPhoto-Paint oder einem ähnlichen Programm exportieren und in JPG- bzw. GIF-Dateien umwandeln. Nun könnt ihr die Nachbearbeitung problemlos vornehmen. Dazu klickt ihr auf Datei>Exportieren, gebt der Datei einen Namen und legt sie in einem Ordner (Name z.B. hp) ab. Das ist sehr wichtig für die folgende Pfadangabe im HTML-Code.

An die Stelle, an der ihr das Bild einfügen wollt, tippt ihr: <IMG SRC=«deinBild.jpg«>

Das Ganze funktioniert nur, wenn euer Bild im hp-Ordner liegt, achtet also bitte darauf. Zu eurer Information hier noch ein paar Details: GIF kennt nur 256 Farben, aber die Funktion der Transparenz, d. h., der Hintergrund scheint durch. JPG hingegen kennt viele Farben (für Fotos gut geeignet) und kann komprimiert werden, so dass die Dateien kleiner werden.

Wer keinen Scanner zur Verfügung hat, muss dennoch nicht auf Bilder verzichten. So sind nicht nur auf diversen Corel-CDs unzählige Bilder zu finden, auch im

+++ Zauberwitze +++ Zauberwitze +++ Zauberwitze +++

Draco Malfoy erzählt stolz, er habe ein kleines Brüderchen bekommen, das ihm so gar nicht ähnlich sieht. Darauf Hermine: »Mensch, hatte der ein Glück!«

+++ Zauberwitze +++ Zauberwitze +++ Zauberwitze +++

Internet gibt es Millionen von Bildern zum Abspeichern und Weiterverwenden.

Wie man Hintergrundbilder einbindet

Um Bilder als Hintergrund einzubinden, braucht ihr das so genannte Backgroundattribut, das Bestandteil des <body> ist. Dazu tippt ihr:
<body background=»dein_lieblingshintergrund.jpg«>

Wie man Bilder ausrichtet

Das Ausrichten von Bildern erfolgt über bestimmte Stichwörter, wie ALIGN=MIDDLE, ALIGN=TOP, ALIGN=BOTTOM, ALIGN=LEFT und ALIGN=RIGHT. Wer im Englischunterricht aufgepasst hat, ahnt sicher schon, was die einzelnen Befehle zu bedeuten haben. ALIGN=MIDDLE richtet die Bilder mittig, ALIGN=TOP am oberen Dateirand, ALIGN=BOTTOM am unteren Dateirand, ALIGN=LEFT am linken Dateirand und ALIGN=RIGHT am rechten Dateirand aus.

Der Befehl muss dabei jeweils vor das Bild, das ausgerichtet werden soll, gesetzt werden, und zwar so:

<IMG SRC=«smiley.gif« ALIGN=«BOTTOM«>

Den Fließtext könnt ihr dann neben dem Bild platzieren. Der Befehl <BR CLEAR=ALL> sorgt übrigens dafür, dass der Text erst nach (unter) dem Bild fortgesetzt wird.

Hierzu benötigt ihr zunächst einmal ein Mikro, um die Geräusche aufzunehmen. Zunächst klickt ihr auf Start>Programme>Zubehör>Multimedia (o. Unterhaltungsmedien)>Audiorecorder.

Beim Klick auf das Feld Audiorecorder öffnet sich ein kleines Fenster. Dort könnt ihr eure Stimme oder sonstige Geräusche aufnehmen. Der Audiorecorder erzeugt automatisch eine Tondatei, wenn ihr auf >Speichern unter klickt. Nun müsst ihr diese im vorher angelegten hp-Ordner abspeichern. Tondateien haben stets die Endung *.wav und können beliebig in jede Homepage eingebunden werden.

Damit der Besucher der Site nicht auf »Play« drücken muss, um die Tondatei zu starten, bettet ihr zunächst die WAV-Datei ein und zwar mit: <embed>.

Unter der Body-Zeile fügt ihr nun den Sound folgendermaßen ein: <body>

Jetzt hört ihr ein Geräusch.

Dann erscheint die Zeile: <embed SRC=«mein_geraeusch.wav« autostart=true hidden=true

</body>

»Hidden« heißt versteckt und ist ein Attribut, das den Wert »false« (falsch) oder »true« (wahr) annehmen kann. Wenn der Ton also automatisch zu hören sein soll, müsst ihr die Option hidden=true wählen.

So, ich glaube das war genug Stoff für heute. Weitere Informationen hierzu findet ihr unter www.hp-fc.de auf unserer Homepage. Übungen zu diesem Unterrichtsfach sind im Buch leider nicht möglich, daher gibt es auch keine Tagesaufgaben.

Auf dieser Erde, gut versteckt,
leben magische Geschöpfe.
Passt auf, dass ihr sie nicht erschreckt,
sie zerbrechen euch sonst die Köpfe!

Beginnen wir mit den Zentauren,
halb Mensch, halb Pferd.
Mit donnerden Hufen,
lassen sie die Bäume schaudern.

Die Hippogreifen sind ganz selten,
in der Muggelwelt sie als Unsinn gelten.
Vorne Adler mit scharfem Schnabel,
hinten Pferd, mit dem Schweif sie schlagen.

Bei allen Leuten sehr bekannt:
der Schimmel mit dem Horn.
Überall anerkannt,
heute und auch morgen!

Ich vergess ja ganz die kleinen,
die nur selten uns erscheinen.
Wichtel, Flubberwümer und Co.,
die netten Gemeinen und so.

Doch in der Welt gibt es so viele,
alle haben andere Ziele.
Menschen, Tiere, magische Geschöpfe;
der Drache verbrennt euch noch die Töpfe!

Janine Barrett

Zaubermathematik

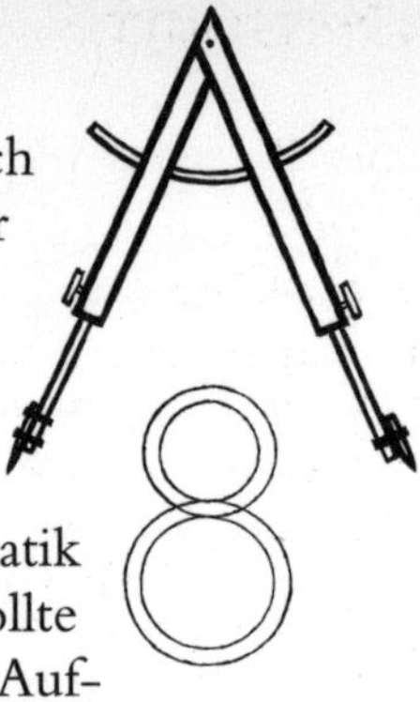

Wie schön, ihr lieben Schüler, euch nach den Sommerferien alle in alter Frische wieder hier zu haben. Hoffentlich habt ihr nicht alles vergessen, was ihr im letzten Jahr bei mir gelernt habt. Wer glaubt, die Grundlagen der Zaubermathematik nicht mehr im Kopf zu haben, sollte dringend mal einen Blick in die Aufzeichnungen vom letzten Jahr werfen, die ich euch auf einem Arbeitsblatt noch einmal kurz zusammengefasst habe. Denn heute möchte ich gleich voll mit euch durchstarten.

Arbeitsblatt

Unser Zauberzahlensystem basiert nicht auf einer Basis von 10 Ziffern, wie es beispielsweise in der normalen Mathematik der Fall ist, sondern auf 36 Ziffern, und das sind:

> * = multipliziert mit
> ^ = potenziert mit

0 1 2 3 4 5 6 7 8 9 A B C D E F G H I J K L M N O P Q R S T U V W X Y Z.

Das bedeutet, dass im Zauberzahlensystem A um 1 größer ist als 9 und so weiter, also A = 10, B = 11 und C = 12 bis hin zu Z = 35. Die nächstgrößere Zahl nach Z ist die 10 = 36.

Wie rechnet man nun eine Zahl aus einem Zahlensystem in ein anderes Zahlensystem um?

Man hat eine Zahl im System mit der Basis B – diese Basis kann 10 sein, wie in der normalen Mathematik, oder 36, wie in der Zaubermathematik – und will wissen, was diese Zahl in dem System bedeutet, in dem man rechnen kann und will. Die Ausgangszahl bestehe aus den Ziffern X(n) X(n – 1) X(n – 2) ... X(2) X(1) X(0).

Dann bedeutet diese Zahl:

Y(X(n))*B^n + Y(X(n-1))*B^(n-1) + …
+ Y(X(2))*B^2 + Y(X(1))*B + Y(X(0)).

Also an unserem Beispiel:

B = 36, Y(0) = 0, Y(1) = 1, ... Y(9) = 9, Y(A) = 10, Y(B) = 11, Y(Y) = 34, Y(Z) = 35, also z. B.

ABC entspricht:

A (10) mal 36*36 +
B (11) mal 36 +
C (12).

Also: ABC = 10*36*36 + 11*36 + 12 = 12 960 + 396 + 12 = 13 368.

Besser, d. h. schneller, rechnet man übrigens:

ABC = (10*36 + 11) * 36 + 12 = 13 368.

Oder z. B. die Zahl 1023 in unserem System bedeutet:

1023 = ((1*36 + 0)*36 + 2)*36 + 3 = (36*36 + 2)*36 + 3 = 1298*36 + 3 = 46 731.

In der anderen Richtung ist es so ähnlich:

Nimm die Ausgangszahl und dividiere durch 36.

Der Rest der Division entspricht der letzten Stelle, mit dem Ergebnis wird weitergerechnet. Dividiere wieder durch 36, der neue Rest entspricht der vorletzten Stelle und so weiter, bis das letzte Ergebnis kleiner als 36 ist. Das entspricht dann der ersten Stelle. Also:

46 731 = 1298*36 + 3 (3 ist die letzte Stelle)

1298 = 36*36 + 2 (2 ist die vorletzte Stelle)

36 = 1*36 + 0 (ergibt 0 als vorvorletzte Stelle)

1 = 0*36 + 1 (fertig – 1 ist die erste Stelle).

Oder:

13 368 = 371*36 + 12 (12 ist die letzte Stelle, in unserem Zahlensystem, also C)

371 = 10*36 + 11 (B als vorletzte Stelle)

10 = 10 (A ist erste Stelle).

Man kann auch durch Potenzen von 36 teilen, muss aber bei den unbelegten Stellen (Ziffer 0) aufpassen. Also:

46 731 = 1*46 656 + 75; 46 656 ist 36^3.

75 = 2*36 + 3, also:

46 731 entspricht 1*36^3 + 0*36^2 + 2*36 + 3, also 1 023.

Ich hoffe, das Prinzip ist so weit klar und ihr könnt in Zukunft die Aufgaben ohne meine Hilfe lösen.

Und ich habe gleich zu Beginn ein paar gute Nachrichten für euch – im Zauberzahlensystem gibt es einige Vereinfachungen, so dass wir eine Art »Kleines 1 + 1« aufstellen können. In dieser Stunde möchte ich euch nämlich das Addieren und Subtrahieren näher bringen.

Addition

Beginnen wir mit der Addition. Wie ihr wisst, kann man im normalen Dezimalsystem problemlos beliebig große Zahlen addieren, obwohl man eigentlich nur Ziffern addiert. In unserem Zahlensystem funktioniert das Ganze natürlich genauso: Man schreibt die Zahlen rechtsbündig untereinander, dann addiert man von rechts ausgehend einfach die einzelnen übereinander stehenden Ziffern und schreibt das Teilergebnis darunter. Falls man dabei auf eine Zahl kommt, die größer als die größte Ziffer ist, überträgt man einfach eine Eins auf die nächste Stelle (nach links) und schreibt als Ziffer das Teilergebnis ohne die 1.

Damit ihr das Ganze besser nachvollziehen könnt, rechnen wir es jetzt am Beispiel ZEHN + ACHT durch:

	Z	**E**	**H**	**N**
+	**A**	**C**	**H**	**T**

N + T entspricht 23 + 29 = 52
52 ist größer als 35, daher 52 = 36 + 16 = 1G
also schreibe G merke 1.

```
        1
  Z  E  H  N
+ A  C  H  T
-------------
           G
```

H + H entspricht 17 + 17 = 34
Plus die gemerkte 1 macht 35, die 35 bedeutet Z.

```
        1
  Z  E  H  N
+ A  C  H  T
-------------
        Z  G
```

E + C entspricht 14 + 12 = 26, also Q.

```
        1
  Z  E  H  N
+ A  C  H  T
-------------
     Q  Z  G
```

Z + A entspricht 35 + 10 = 45
45 ist 36 + 9, also 19.

```
      1
  Z E H N
+ A C H T
---------
1 9 Q Z G
```

Die Lösung lautet damit 19QZG. Das war doch jetzt gar nicht so schwer, oder?

Ein Problem bleibt allerdings noch: das Rechnen mit Ziffern. Im Dezimalsystem muss man sich immerhin nur 10*10, also hundert derartige Summen von Ziffern merken. Bei uns ist das eigentlich genauso, nur dass es eben hundert derartige Summen in unserem System sind: also dezimal ausgedrückt: 36*36 = 1296.

Die könnt ihr nun entweder alle auswendig lernen (was ich euch nicht raten würde) oder versuchen, den Aufwand mit ein paar Tricks zu verkleinern. Und das geht beispielsweise so:

Ihr merkt euch von der Tabelle ganz genau die Ziffern, welche durch 9 teilbar sind und welches Vielfache der 9 sie sind:

0 = 0*9
9 = 1*9
I = 2*9
R = 3*9

Als Nächstes interessiert uns bei jeder Ziffer nur noch, an wievielter Stelle sie nach einer solchen durch 9 teilbaren Zahl kommt:

A = 9 + 1
H = 9 + 8
N = I + 5
V = R + 4
T = R + 2

Von einer Zahl ausgehend nehmt ihr euch also die nächst kleinere und zählt schlimmstenfalls achtmal weiter. Zum Schluss werden die Summen einzeln addiert:

N + T = (I + 5) + (R + 2) = (I + R) + (2 + 5) = (I + R) + 7

Jetzt müsst ihr euch nur noch die 4*4-Summen der durch 9 teilbaren Zahlen merken. Und das sind schon mal bisschen weniger als die über tausend Summen, von denen wir eben gesprochen haben. Ihr könnt jetzt weiterrechnen:

I + R = 2*9 + 3*9, also 5*9

4*9 = 36 ist unsere Basis

daher: 5*9 = 36 + 9, entspricht 19.

Für das Ergebnis muss man jetzt nur von der 19 ganze 7 weiterzählen und kommt auf 1G.

Ein weiteres Beispiel in Kurzform wäre:

C + E = (9 + 3) + (9 + 5) = (9 + 9) + 8 = (I + 8) = Q.

Das Ganze funktioniert übrigens auch, indem man von den 9er-Zahlen zurückzählt:

C + H = (9 + 3) + (I - 1) = (9 + I) + (3 - 1) = R + 2 = T.

Die Aufgabe rechnet sich dann noch einfacher, da man von den 9er-Zahlen nur noch höchstens vier Schritte vor- oder zurückzählen muss.

Man hätte also auch rechnen können:

(C + H) = (9 + 3) + (9 + 8) =

(9 + 9) + (3 + 8) = I + 11 =

I + (9 + 2) = R + 2 = T

Na, sind jetzt alle endgültig verwirrt? Am besten, ihr testet mal an ein paar Beispielen, ob ihr mit dem Rechnen mit Ziffern zurechtkommt und welche Variante euch am besten liegt.

Übrigens gelten die obigen Regeln auch, wenn ihr statt der durch 9 teilbaren Zahlen, die durch 6, durch 4 oder

durch 3 teilbaren nehmt. Je kleinere Zahlen ihr auswählt, desto weniger müsst ihr zählen und desto mehr müsst ihr euch dafür merken. Das Ganze einmal als Regel geschrieben, sieht dann so aus:
Addiere zwei Ziffern auf die folgende Weise:
Schreibe die Ziffern als $a \star 9 + b$ bzw. $c \star 9 + d$
a und c sind zwischen 0 und 3, b und d zwischen 0 und 8
Ergebnis: $(a + c) \star 9 + (b + d)$
Sind $(a + c)$ auch zwischen 0 und 3 und $(b + d)$ zwischen 0 und 8, schreiben wir die Ziffer, welche dieser Darstellung entspricht. Ist $(b + d)$ größer als 8, so schreiben wir eine 9 in das erste Produkt : $(a + c + 1) \star 9 + (b + d - 9)$. Ist $(a + c)$ bzw. $(a + c + 1)$ im zweiten Fall kleiner als 4, so sind wir fertig. Das Ergebnis ist eine Ziffer. Wenn $(a + c)$ bzw. $(a+c+1)$ im zweiten Fall größer oder gleich 4 ist, so schreiben wir einmal $4 \star 9$ einzeln; das Ergebnis ist dann eine zweistellige Zahl. Die erste Ziffer ist die 1, die zweite ist die durch $(a + c - 4) \star 9 + (b + d)$ bzw. $(a + c + 1 - 4) \star 9 + (b + d - 9)$ dargestellte Ziffer.

Subtraktion

Da ich gemerkt habe, dass ihr alle sehr wissbegierig seid, habe ich mich entschlossen, euch auch das Subtrahieren in dieser Stunde nahe zu bringen. Addition und Subtraktion hängen ja sowieso ziemlich stark zusammen, nicht wahr? Wenn ihr die Addition begriffen habt, ist die Subtraktion für euch sicher ein Kinderspiel. Das Ganze funktioniert auch hier ziemlich analog wie beim Rechnen im Dezimalsystem. Und damit es für den Anfang nicht zu schwierig wird, berechnen wir heute ausschließlich die Differenz zweier positiver Zahlen, bei denen die erste Zahl größer sein soll als die zweite, und zwar am Beispiel SIEBEN – DREI:

Zuerst schreibt ihr die Zahlen wieder rechtsbündig untereinander:

	S	I	E	B	E	N
–			D	R	E	I

Dann werden von rechts ausgehend die Differenzen der Ziffern gebildet. Ist die obere Ziffer größer oder gleich der unteren, schreibt ihr einfach die Differenz der Ziffern auf.

	S	I	E	B	E	N
–			D	R	E	I
						5

	S	I	E	B	E	N
–			D	R	E	I
					0	5

Ist die obere Zahl hingegen kleiner als die untere, so rechnet ihr: 10 + obere Zahl – die untere
oder: untere Zahl – die obere und bildet die Differenz zu 10.
1B – R = K
oder: R – B = G; 10 - G = K.
Da man sich dabei eine 1 von der Stelle davor geborgt hat, markiert man sie genau dort:

```
  S I E B E N
-     D R E I
      1
-------------
        K 0 5
```

Die gemerkte 1 muss man bei der Stelle davor dann zusätzlich abziehen:

E - D = 1; 1 - 1 = 0

```
  S I E B E N
-     D R E I
      1
-------------
      0 K 0 5
```

Wenn nichts mehr abzuziehen ist (auch keine gemerkte 1), können die restlichen Stellen übernommen werden:

```
  S I E B E N
-     D R E I
      1
-------------
  S I 0 K 0 5
```

Das Ergebnis lautet also: SI0K05.

Das Rechnen mit Ziffern ist beim Addieren und Subtrahieren wahrscheinlich noch recht einfach, beim Multiplizieren aber wird es hingegen ziemlich schwierig.

Dann macht sich das Rechnen mit Stützstellen wirklich bezahlt. Immerhin entspricht das kleine Einmaleins in unserem System dem Kopfrechnen mit zweistelligen Zahlen bis 35. Und wer kann das schon?

Mit ein paar Tipps könnt ihr das dann auch im Dezimalsystem benutzen. Und mit ein paar zusätzlichen Tricks könnt ihr sogar vierstellige Zahlen im Kopf miteinander multiplizieren. Zum Beispiel können eure Mitschüler aus der dritten Klasse innerhalb von zwei Sekunden das Produkt von 1268 und 1332 im Kopf ausrechnen: 1 688 976.

Aber lasst euch davon nicht entmutigen. Ihr seid bisher auch sehr viel versprechende Zauberlehrlinge – nur weiter so!

Tagesaufgabe

Eine Zaubererfamilie hat 9NP4EQN Galleonen für einen Familienbesen gespart – ihre reichen Verwandten geben HUNDERT Galleonen dazu. Wie viele Galleonen haben sie, um sich einen neuen Besen zuzulegen?

+++ Spezialeffekte – Neues zum Film +++ Spezialeffekte – Neues +++

Ein Highlight werden sicher die Tierszenen sein, vor allem die mit den Eulen, denn für diese Aufgabe konnte Gary Gero gewonnen werden. Der alte Hase im Filmgeschäft hat schon bei zahlreichen Disney-Filmen (u.a. 101 Dalmatiner) bewiesen, dass er Unglaubliches auf die Beine zu stellen vermag. Für die magischen Geschöpfe (z.B. Drachen, Dobby) wurde ebenfalls eine Spezialfirma engagiert, die für außergewöhnliche Computeranimationen sorgen soll.

+++ Spezialeffekte – Neues zum Film +++ Spezialeffekte – Neues +++

Zauberkräuterkunde

Meine lieben Zauberschüler! Ich freue mich sehr, euch alle in meinem Unterricht begrüßen zu dürfen. Schließlich heißt das, ihr seid bereit für neue interessante Erkenntnisse aus der Zauberkräuterkunde. Und deshalb habe ich mir heute etwas ganz Besonderes ausgedacht. Ich werde euch zunächst eine Liste mit einigen wichtigen Zauberpflanzen austeilen und ein paar Worte zur Ernte der magischen Kräuter verlieren. Aber bitte seid stets vorsichtig im Umfang mit Zauberkräutern, denn sie sind teilweise sehr gefährlich. Anschließend werde ich ein wenig praktisch mit euch arbeiten. Was sagt ihr dazu? Wir wollen heute mal eine blühende Blume dazu bringen, niemals mehr zu welken.

+++ Der König ist tot, es lebe die Königin! – Neues zum Film +++

Die Resonanz der Fans, die allesamt die Vorbereitungen zum weltweiten Filmstart gespannt verfolgen, ist einhellig: Die Schauplätze sind toll, die Figuren passend besetzt – nur Daniel Radcliffe ist echt daneben! Der Hauptdarsteller hat weder ein schmales Gesicht noch grüne Augen oder die richtige Narbe auf der Stirn, und dann auch noch die glatten Haare statt Harrys Wuschelkopf!
Ebenso einig sind sich die Kritiker bezüglich Emma Watson, allerdings in positiver Hinsicht. So haben uns einige Fans schon aufgefordert, einen Hermine-Fanclub zu gründen – frei nach dem Motto: Der König ist tot, es lebe die Königin!

+++ Der König ist tot, es lebe die Königin! – Neues zum Film +++

Pflanzenname	Geschichte	Botanik
Nachtkerze	wurde vor Jahrtausenden aus Amerika nach Europa gebracht; verwendet werden Samen und Wurzeln	bleichgrüne Blüten; wohl riechend; lange, rübenförmige Wurzel; Blüten öffnen sich erst gegen Abend
Opium	Milchsaft des Schlafmohns; wurde schon im alten Ägypten als Schmerzmittel verwendet; vor 3000 Jahren über Griechenland nach Europa gelangt; wirkt beruhigend, schmerzstillend und berauschend; unterliegt dem Betäubungsmittelgesetz	violett-weiße oder rote Blüten; kapselförmige Frucht; wird bis zu 150 cm hoch
Pestwurz	wurde wegen ihres Geruchs im Mittelalter zur Pestbekämpfung eingesetzt, daher der Name; verwendet werden meist die Blätter oder die Wurzeln	rötliche, röhrenförmige Blüten; Korbblütler; herz- oder nierenförmige Blätter; dichte, verzweigte Wurzeln; sehr unangenehmer Geruch

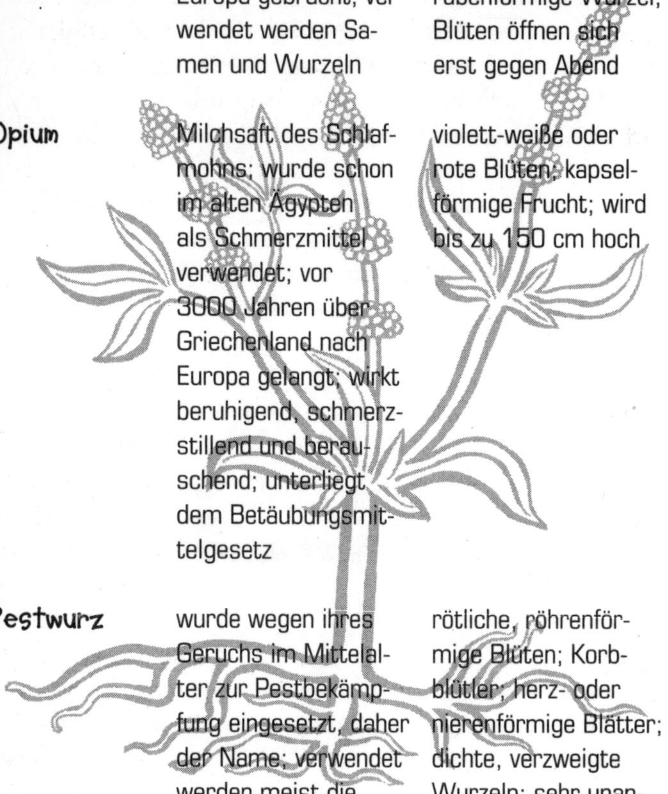

Pflanzenname	Geschichte	Botanik
Feldthymian	auch: Teufelszwirn oder Quendel; verwendet werden nur die Blätter; hilft bei Milz-Nieren-Erkrankungen	rötliche/fleischfarbene Blüten; wird bis zu 150 cm hoch; gelbliche oder rötliche Stengel; Saugwurzeln
Schlangenwurz	entdeckt und benannt von Leonard Rauwolf (1582); verwendet wird hauptsächlich die Wurzel; hilft gegen Fieber, Durchfall, bei Bissen	weiße bis rosa Blüten; Trugdolden; bis zu 100 cm hoher Halbstrauch; verholzte, bittere Wurzel
Eibisch	Name bereits in der Bibel erwähnt; bedeutet: heilen; hilft gegen Husten, Entzündungen, Insektenstiche, Durchfall	rosa-weiße Blüten; bilden Trauben; Pflanze wird bis 120 cm hoch; 50 cm tiefe Wurzeln
Warzenbirke	verwendet wird hauptsächlich die Rinde, aber auch Blätter und Knospen; lindern Hautkrankheiten, Ödeme und Ausschläge, helfen zudem bei Fußschweiß	gelbgrüne, dichte Blüten; kann bis zu drei Meter hoch werden; weiße Rinde

Pflanzenname	Geschichte	Botanik
Ysop	auch: Eisop, Eisenkraut; galt früher als heilig; schon in der Bibel erwähnt; Verwendung: Blätter für Tee, Blütenspitzen für Tinkturen und Öle; hilfreich bei Erkältungen, außerdem entzündungshemmend	dunkelblaue Blüten, selten rosa oder weiß; Scheinquirle; immergrün; bis zu 60 cm hoch; Blätter ähneln Rosmarinnadeln; strauchähnlich; süßlicher Geruch; bitterer Geschmack

+++ Zauberwitze +++ Zauberwitze +++ Zauberwitze +++

Zwei Zauberschüler sitzen auf einer Wiese und langweilen sich. Plötzlich lacht der eine schallend auf. »Was hast du denn?«, fragt ihn der andere. »Ich habe mir gerade einen neuen Witz erzählt«, antwortet der Gefragte. Als er nach einer Weile ein grimmiges Gesicht zieht, will sein Klassenkamerad wissen: »Was hast du denn jetzt schon wieder?« – »Ach«, sagt der Junge »den Witz, den ich mir diesmal erzählt habe, kannte ich schon.«

+++ Zauberwitze +++ Zauberwitze +++ Zauberwitze +++

So, das wäre geschafft. Ich denke, jeder von euch hat jetzt genug Stoff zum Lernen für den Versetzungstest in Zauberkräuterkunde.

Allerdings sollte ein jeder Zauberer auch wissen, wann er die Pflanzen am besten pflücken, schneiden oder rupfen sollte, um die optimale Heilwirkung zu erhalten. Allgemein bleibt noch zu sagen, dass jeder Pflanzensammler sich an bestimmte Regeln halten muss. So dürft ihr zum Beispiel niemals geschützte Pflanzen abrupfen; diese könnt ihr in jeder Apotheke oder im Reformhaus kaufen. Auch Pflanzen, die in der Nähe gespritzter oder gedüngter Felder wachsen, eignen sich nicht für die Verwendung von Zauberheilmitteln. Wurzeln dürft ihr nur ausgraben, wenn sehr viele Pflanzen vorhanden sind. Schließlich wollen wir Zauberer die Pflanzenwelt nutzen und nicht zerstören.

Die folgende Übersicht soll euch die wichtigsten Aspekte beim Sammeln von Zauberkräutern aufzeigen, die unbedingt zu beachten sind. Bitte prägt sie euch daher gut ein:

Pflanzenteile	Erntezeit
Kräuter	am frühen Vormittag (tautrocken); kurz vor der Blüte; nur gesunde Teile (sonst niedrigerer Wirkstoffgehalt)
Blätter	das ganze Jahr; je nach Erntezeit verschieden starke Inhaltsstoffe
Blüten	zu Beginn der Blüte
Samen	reif ernten
Wurzeln	außerhalb der Vegetationsperiode (2–3 cm; längs schneiden)

Um die gesammelten Schätze zum Einsatz zu bringen, gibt es unzählige Möglichkeiten. Auch hier habe ich für euch eine tabellarische Übersicht zusammengestellt, aus der ihr die wichtigsten und beliebtesten Anwendungsarten entnehmen könnt. Aber ich rate euch, niemals ohne den Zaubermeister mit Zauberkräutern zu experimentieren.

Aufbereitung	Wie?	Was?
Aufguss/Tee	2 TL frische Kräuter hacken (getrocknete Kräuter 1 TL), in eine Tasse geben und mit heißem Wasser übergießen; fünf Minuten zugedeckt ziehen lassen	Salbei, Ringelblumen, Pfefferminze, Lavendel, Lindenblüten, Kamille (muss länger ziehen), Wermut, Tausendgüldenkraut, Löwenzahn
Badesud	100 g Kräuter mit 1 l kochendem Wasser übergießen; zehn Minuten stehen lassen; abseihen; mit neutralem Schaumbad mischen	Melisse-, Rosmarin-, Thymianblätter, Lavendel-, Rosenblüten
Elixier (alkholischer Auszug aus Pflanzenteilen mit Zusätzen)	Kräuter oder Beeren in verschließbare Flasche geben; mit hochprozentigem Alkohol übergießen, 2–4 Wochen stehen lassen; abseihen; Zucker hinzufügen; Flasche wieder verschließen	herzstärkend: Lavendel, Weißdorn, Rosmarin, Veilchen; magenberuhigend: Melisse, Kümmel, Pfefferminze, Enzian-, Blutwurzeln, Weinraute, Tausendgüldenkraut

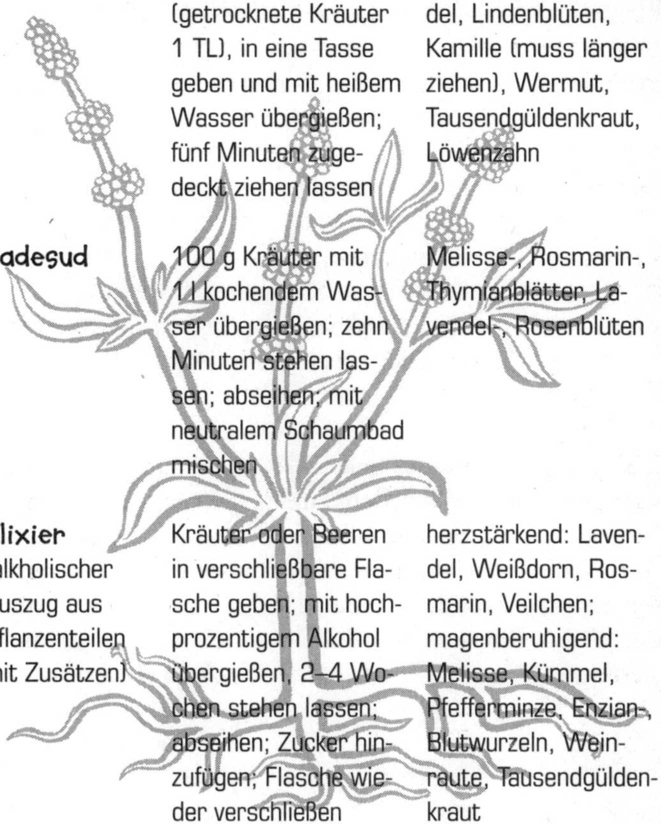

Aufbereitung	Wie?	Was?
Kaltauszug (löst nur den gesundheitsfördernden Teil der Wirkstoffe)	1 TL Kräuter mit 1 Tasse kaltem Wasser übergießen; zwölf Stunden ziehen lassen; abseihen und lauwarm trinken	Kräuter mit hohem Schleimstoffgehalt, z.B. Eibisch, Mistel
Kissen	Kräuter trocknen (Lufttrocknung im Schatten oder im Backofen bei 50° und offener Tür); zerkleinern; fünf Tropfen Öl dazugeben und eine Woche in einem verschließbaren Gefäß aufbewahren; in ein kleines Baumwoll-, oder Leinenkissen füllen	Kamille, Lavendel, Eisenkraut, Heublume, Anis, Salbei, Thymian, Pfefferminze, Johanniskraut, Hopfen
Kochen	1 TL Kräuter in 1 Tasse Wasser zehn Minuten kochen; abseihen und warm trinken	Baldrian, Fenchel, Hagebutte, Liebstöckel, Löwenzahn, Sandelholz, Süßholz, Weide, Zimt
Ölmazerat	Sammelgut zerkleinert in Öl einweichen; abseihen	Leinsamen, Pfefferminze, Fenchel, Kiefernnadeln, Arnika

Aufbereitung	Wie?	Was?
Presssaft	Zutaten auspressen und ausschließlich frisch genießen	Schlehe, Hagebutte, Mohrrübe, Kresse, Holunder, Zwiebel
Tinktur (alkoholischer Auszug aus Trockenpflanzen)	Zutaten entweder einweichen oder durchseihen	Arnika, Baldrian, Enzian, Myrrhe

+++ Zaubertrank +++ Zaubertrank +++ Zaubertrank +++

Spinnenbeine schon gerieben,
Früchtetee gut abgesieben.
Dann ein Blatt Basilikum,
Zauberspruch Fidikum,
Fidikum Aritschi –
wenn du sie kennst, auch Litchi.

Gut gerieben, die Schlangenhaut,
und fein gekochtes Sauerkraut.
Ein bisschen Wasser schadet nie,
auch Katzenhaar hat Energie.
Eine Prise Salz dazu,
Zauberspruch muss wirken im Nu.

Rühr im Topf und sag dazu:
»Harasuhi Imbre Lu.«
Ist nun alles gut gekocht,
auf dem Tisch wird es gemocht –
warte, noch ein Tipp von mir:
Gut ist es mit Butterbier!

Anna Dalbosco

+++ Zaubertrank +++ Zaubertrank +++ Zaubertrank +++

Die Beschäftigung mit Heilkräutern und ihrer Verwendung im Unterricht soll euch dabei helfen, einige Beschwerden selbst zu kurieren, euch besser zu fühlen oder euch für die kalte Jahreszeit zu stärken. Allerdings dürft ihr niemals versuchen, stärkere oder lang anhaltende Beschwerden selbst zu kurieren – hier müsst ihr auf jeden Fall zum Arzt gehen! Pflanzeninhaltsstoffe sind nämlich hochwirksame Drogen – das solltet ihr auch bei der Dosierung berücksichtigen und immer nur stark verdünnte Mittel anwenden.

Das war jetzt jede Menge theoretisches Wissen für euch, schreiten wir also zur Tat und beschäftigen wir uns mit dem von mir angekündigten praktischen Teil. Heute geht es um die »Züchtung« einer ganz besonderen Blume, die niemals aufhört zu blühen.

Dazu braucht ihr:

- eine wohl gewachsene, frische, weiße Dianthus (auch: Nelke),
- zwei Glaskolben (evtl. Trinkgläser),
- farbige Tinte,
- ein Skalpell (vielleicht tut's auch ein Obstmesser),
- eine halbe Elle Bast (zur Not auch Tesaband).

Einen wichtigen Tipp möchte ich euch gleich vorweg geben: Achtet darauf, dass es sich um eine sehr frische – nicht durch Draht gestützte – Nelke handelt!

Zunächst füllt ihr beide Kolben mit Wasser und gebt in einen davon etwa einen Fingerhut voll Tinte (zwei Patronen). Nun spaltet ihr vorsichtig mit dem Skalpell den Stiel der Blume auf einer Länge von etwa zehn Zentimetern. Dann fixiert ihr mit dem Bastband die beiden Hälften, damit der Stiel nicht weiter einreißen kann.

Stellt die eine Stielhälfte in das Tintenwasser, die andere in das unbehandelte Wasser. Nach nur wenigen Stunden könnt ihr euren ersten Zaubererfolg bewundern.

Noch ist eure Zauberblume nicht unvergänglich, aber sie sieht jetzt schon wunderschön aus. Um eure »Züchtung« unvergänglich zu machen, müsst ihr sie konservieren. Dazu nehmt ihr fünf weiße Teelichter aus ihrer Umhüllung und gebt sie in einen mittelgroßen Kolben (oder ein Marmeladenglas). Nun stellt ihr das Glas mit dem Wachs ins Wasserbad und erhitzt es vorsichtig, bis es richtig heiß ist. Wenn das Wachs geschmolzen ist, taucht ihr eure Zauberblume kurz mit der Blüte hinein.

Fortgeschrittene Zauberlehrlinge können versuchen, eine mehrfarbige Zauberblume zu züchten, indem sie statt des klaren Wassers im ersten Kolben eine weitere Farbe verwenden (farbige Tinte, Lebensmitttel- oder Ostereierfarbe). Statt der Teelichter könnt ihr im Bastelladen auch spezielles Pflanzenkonservierungswachs besorgen. Es schmilzt etwas schneller und ist deutlich durchsichtiger, was eure Zauberblume noch besser zur Geltung kommen lässt. Die Perfektionisten unter euch können die Zauberblume auch mit Silica-Gel (gibt es im Bastelladen oder in der Apotheke) trocknen, wodurch die Farben der Pflanze erhalten bleiben.

AUFGABE 1

Welche der im unten stehenden Kasten aufgeführten Zaubermittel eignen sich nicht, um ein Kräuterkissen herzustellen?

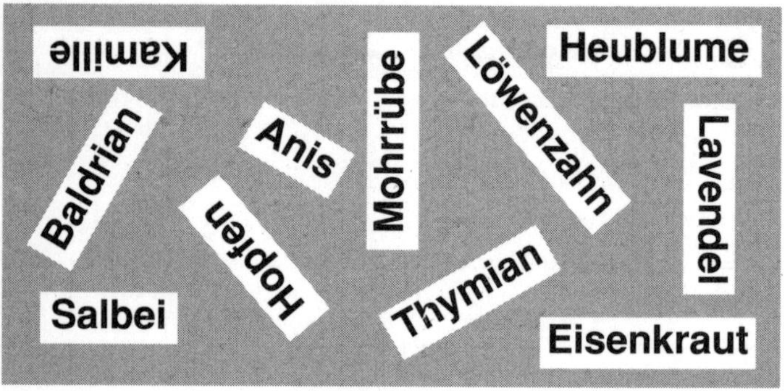

1. ______________________________

2. ______________________________

3. ______________________________

AUFGABE 2

Welche drei Zauberpflanzen sind hier beschrieben?
weiße Rinde
gelbgrüne, dichte Blüten ________________________
kann bis zu drei Meter hoch werden

violettweiße oder rote Blüten
kapselförmige Frucht ___________________
wird bis zu 150 cm hoch

rosaweiße Blüten (bilden Trauben)
Pflanze wird bis 120 cm hoch _______________
50 cm tiefe Wurzeln

AUFGABE 3

Was benötigt man alles, um eine unvergängliche Zauberblume zu schaffen?

____

____

____

____

____

Magische Geschöpfe

Meine lieben Schülerinnen und Schüler. Ich begrüße euch recht herzlich zum neuen Schuljahr im Fach Magische Geschöpfe. Ich hoffe, ihr habt über die Ferien nicht alles vergessen, denn wir haben in diesem Schuljahr reichlich Stoff zu bewältigen. Daher teile ich euch heute gleich eine Liste mit wichtigen magischen Geschöfen aus, von denen wir in jeder Stunde eines ausführlich behandeln werden. Seht sie euch bitte genau an, schließlich wird unser Niveau von Jahr zu Jahr anspruchsvoller und ich möchte nicht, dass ihr die Tagesaufgaben nicht lösen könnt oder gar den Versetzungstest nicht besteht.

Drache

Sie zählen zu den gefährlichsten aller magischen Wesen, da sie – vor allem die größeren und schwereren Weibchen – oft extrem angriffslustig sind. Zahlreiche Körperteile der Drachen, etwa Haut, Blut, Herz, Leber und Horn, besitzen immense magische Kräfte. Daher kommt das bekannteste magische Geschöpf auch in zahlreichen Mythen vor. Es gibt zehn verschiedene Drachenrassen, vor denen man sich gleichermaßen in Acht nehmen sollte.

Einhorn

Die pferdeähnlichen Geschöpfe tragen das für sie charakteristische Horn mitten auf der Stirn. Erwachsene Einhörner fassen besonders leicht Vertrauen zu Mädchen und Frauen, junge mögen eher Jungen und Männer. Die Fohlen sind meist goldfarben, erst mit zwei Jahren wechselt das Fell zum typischen Silberton. Erst im Alter von vier Jahren wächst das Horn, mit sieben sind die Einhörner dann ausgewachsen und fast schneeweiß. Ihr silbrig-blaues Blut und die Haare haben große magische Kräfte. Einhörner sind sehr flink und nur schwer zu fangen.

Fee

Diese kleinen, putzigen Tierwesen verfügen eher über eine geringe Intelligenz. Sie bewohnen vorwiegend Waldgebiete oder Lichtungen und können bis zu zwölf Zentimeter groß werden. Elfen haben einen menschenähnlichen Körper mit insektenartigen Flügeln. Sie sind zwar relativ streitsüchtig, aber im Großen und Ganzen friedlich.

Hauselfe

Ebenfalls zu den Feen kann man die Hauselfen mit ihren großen grünen oder braunen Augen, den fledermausähnlichen Ohren und den langen dünnen Fingern zählen. Sie dienen ihrem Meister ein Leben lang ohne Lohn und Urlaub.

Geflügeltes Pferd

Von diesem magischen Wesen leben die verschiedensten Rassen überall auf der Welt. Hierzu zählen Abraxaner (Riesenpalominos), Aethon (kastanienbraun), Granianer (grau und schnell), Thestral (schwarz, bei Bedarf unsichtbar).

Gnom

Die Gnome sind in ganz Nordeuropa heimisch. Charakteristisch für diese magischen Geschöpfe sind die kleine Statur, die lederartige Haut, ihre Glatze, die spitzen Zähne sowie die extrem breiten Füße. Sie wohnen in Erdlöchern oder Gärten und sind eher unangenehme Zeitgenossen. Wenn man nicht von Anfang an streng genug mit ihnen ist, kommen sie immer wieder und ärgern einen mit ihren Streichen.

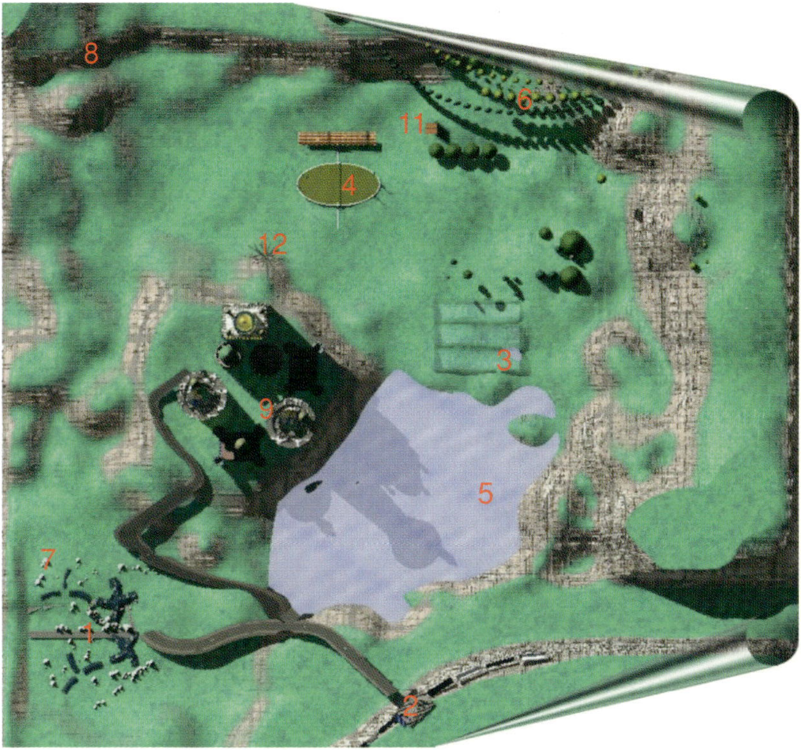

Zauberkarte für das Rätsel auf Seite 132

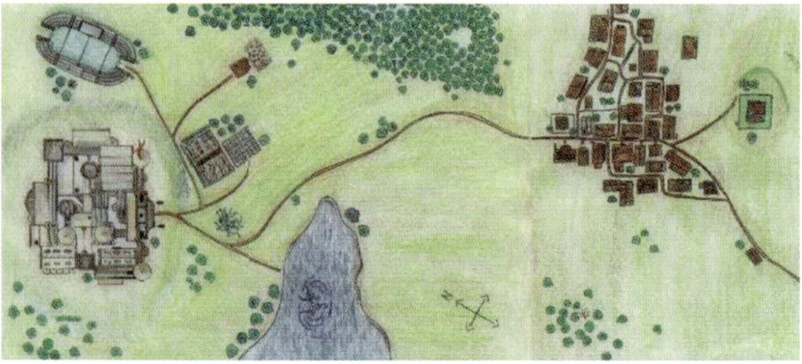

Zauberkarten

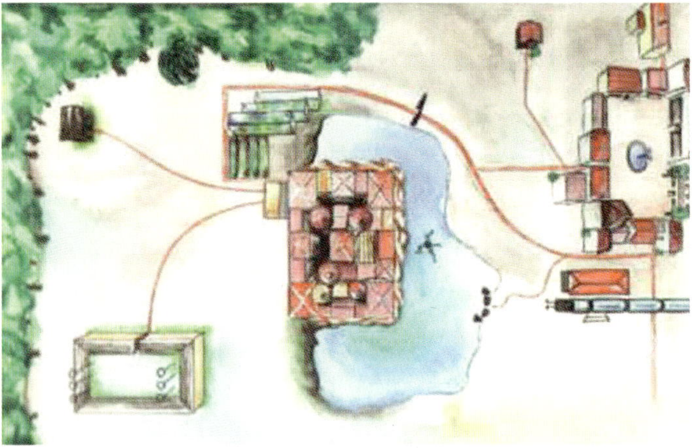

Zauberkarten

Magische Geschöpfe

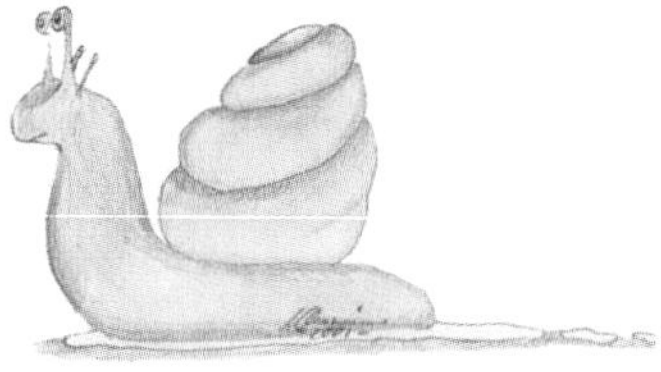

Es kann schlimme Folgen haben,
wenn du den falschen Zauber anwendest.

Das Zauberinternat aus Lebkuchen

Eulen besitzen magische Kräfte

Zaubersport

Zaubersportbild für das Rätsel auf Seite 131

Salamander

Die kleinen, im Feuer lebenden Echsen ernähren sich ausschließlich von Flammen. Sie können bis zu sechs Stunden außerhalb des Feuers überleben, wenn sie mit Pfeffer gefüttert werden. Ihr Blut hat mächtige heilende Eigenschaften, die bei den Zauberern auf aller Welt heiß begehrt sind.

Seeschlange

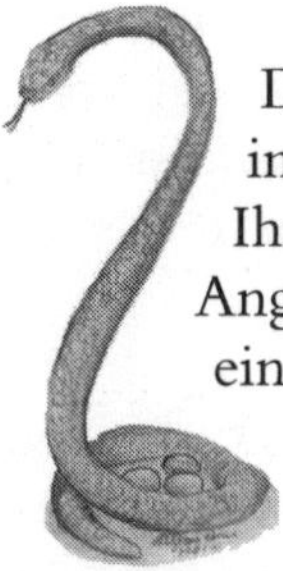

Diese magischen Wesen leben hauptsächlich im Atlantik, im Pazifik und im Mittelmeer. Ihre Gestalt versetzt junge Zauberer häufig in Angst und Schrecken, dabei haben sie noch nie einen Zauberer oder Menschen umgebracht. Sie können bis zu 30 Meter lang werden und haben einen sehr charakteristischen Kopf.

Sphinx

Diese Geschöpfe stammen ursprünglich aus dem alten Ägypten und erfreuten sich schon damals großer Beliebtheit. Sie haben einen Menschenkopf und einen Löwenkörper und sind schon seit tausenden von Jahren mit der Aufgabe betraut, Wertsachen zu beschützen. Sphinxen sind in der Regel gutmütige Wesen, die allerdings auch sehr gefährlich werden können, etwa wenn die von ihnen bewachten Schätze bedroht werden.

Werwolf

Menschen, die über die Gabe verfügen, sich in einen Wolf zu verwandeln (diese Erscheinung heißt Lykanthropie), nennt man Werwölfe. Sie besitzen diese Fähigkeit übrigens nur, wenn sie schon einmal von einem Werwolf gebissen wurden. Allerdings gibt es auch die Möglichkeit, sich mit Hilfe eines Zaubertranks in einen Werwolf zu verwandeln. Dies ist jedoch nur bei Vollmond möglich, außerdem besteht die Gefahr, dass die verwandelten Personen zu mordenden Bestien mutieren.

Zentaur

Bei Zentauren handelt es sich um berühmte griechische Mythengestalten, deren Kopf, Oberkörper und Arme Menschengestalt annehmen, deren Körper jedoch dem eines Pferdes ähnelt. Sie sind sehr intelligent und der menschlichen Sprache mächtig. In Herden von zehn bis fünfzig Mitgliedern wohnen sie vorwiegend im Wald und sind nicht nur höchst bewandert in magischer Heilung und in der Wahrsagekunst, sondern auch im Bogenschießen und in der Astronomie.

Das war also die Liste mit den neuen magischen Geschöpfen für dieses Schuljahr. Heute wollen wir uns dann auch gleich ausführlich mit einer der größten Gruppen, den Drachen, beschäftigen. Einige allgemeine Informationen zu diesen meist gefährlichen Wesen findet ihr in der Liste, wir werden uns heute die einzelnen Rassen genauer ansehen.

Antipodisches Opalauge

Diese Drachenart stammt aus Neuseeland, haust vorwiegend in Tälern und ist von mittlerer Größe (zwei bis drei Tonnen schwer). Charakteristisch für antipodische Opalaugen sind die schillernden, perlmuttartigen Schuppen sowie die bunten, pupillenlosen Augen. Sie erzeugen eine leuchtkräftige, scharlachrote Flamme, sind aber nicht besonders agressiv gegenüber ihren Artgenossen. Außerdem töten sie nur selten, wenn sie nicht hungrig sind. Als Beute bevorzugen sie Schafe und größere Säugetiere.

Chinesischer Feuerball

Diese auch Löwendrachen genannte Drachenart stammt aus dem Orient. Besonders auffällig sind die scharlachroten, glatten Schuppen und der Kranz aus goldenen Stacheln, der das Gesicht der Tiere umrahmt. Sie blasen mit pilzförmiger Flamme, allerdings nur, wenn sie gereizt werden. Die Männchen wiegen zwei bis drei Tonnen, die Weibchen drei bis vier Tonnen. Chinesische Feuerbälle sind angriffslustig, gegenüber ihren Artgenossen allerdings eher duldsam. Sie ziehen übrigens Schweine den Menschen als Mahlzeit vor.

Gemeiner walisischer Grünling

Diese Drachenart haust vorwiegend im höheren Bergland. Gemeine walisische Grünlinge sind in der Regel an der intensiv grünen Farbe, den erdbraunen Augen mit grünen Sprenkeln und an ihrem melodiösen Brüllen zu erkennen. Ihr Feuerstrahl ist eher schmal, aber dennoch alles andere als ungefährlich. Die Drachen ernähren sich hauptsächlich von Schafen und meiden Menschen.

Norwegischer Stachelbuckel

Diese Drachen ähneln weitgehend den Hornschwänzen. Charakteristisch ist vor allem ihr schwarzer Stachelkamm auf dem Rücken. Die norwegischen Stachelbuckel sind extrem agressiv und ernähren sich fast ausschließlich von Landsäugetieren.

Peruanischer Viperzahn

Diese Art zählt zu den kleinsten aller bekannter Drachen. Sie sind die schnellsten Flieger, aber auch nur etwa fünf Meter lang. Man erkennt die peruanischen Viperzähne unschwer an ihren kupferfarbenen glatten Schuppen und der schwarzen Kammmusterung. Sie ernähren sich von Ziegen und Kühen, haben aber auch eine starke Vorliebe für Menschen.

Rumänisches Langhorn

Diese Drachenart hat ihren Ursprung im wichtigsten Drachenreservat. Charakteristisch für rumänische Langhörner sind die dunkelgrünen Schuppen sowie lange, golden glitzernde Hörner. Letztere sind in Zaubererkreisen besonders beliebt, da sie als wertvolle Zutat für magische Tränke gelten.

Schwarzer Hebride

Sie sind heimisch in Britannien und beanspruchen große Territorien für sich. Die Tiere werden bis zu zehn Meter lang, haben raue Schuppen und leuchtende, purpurrote

Augen. Charakteristisch sind vor allem die rasiermesserscharfe Kammlinie auf dem Rücken, der Schwanz mit Stachel und die fledermausähnlichen Flügel. Schwarze Hebriden ernähren sich überwiegend von Wild, aber auch Hunde und Rinder werden gelegentlich verspeist.

Schwedischer Kurzschnäuzler

Diese Artgenossen hausen ausschließlich in unbewohnten Bergregionen. Sie sind sehr ansehnliche, silbrig blaue Drachen, deren Haut gerne für Schutzhandschuhe verwendet wird. Sie speien mit einer blauen Flamme, die Holz und Knochen in Sekunden zu Asche verwandelt.

Ukrainischer Eisenbauch

Diese größte Drachenart hat eine eher rundliche Gestalt und kann bis zu sechs Tonnen schwer werden. Charakteristisch sind die metallgrauen Schuppen, die tiefroten Augen und ihre fürchterlich langen Klauen. Ukrainische Eisenbäuche sind extrem gefährlich.

Ungarischer Hornschwanz

Sie zählen zu den gefährlichsten Drachen. Man kann sie sehr leicht erkennen an ihrer echsenähnlichen Erscheinung, den schwarzen Schuppen, den gelben Augen sowie bronzenen Hörnern und Stacheln. Sie haben die längste Feuerspeiweite (15 Meter) und ernähren sich hauptsächlich von Ziegen und Schafen, aber auch Menschen sind nicht vor ihnen sicher.

+++ Die Fans sind kritisch – Neues zum Film +++ Die Fans sind +++

Seit Oktober 2000 gibt es große Diskussionen um die 132 Millionen US-Dollar teure Verfilmung des HP-Romans und die Zahl der Gegner wird immer größer. Eines ihrer Hauptargumente lautet, dass sie befürchten, die Kinder gebrauchten dann nicht mehr ihre eigene Fantasie, um sich die zauberhafte Welt rund um das derzeit berühmteste Internat der Welt selbst auszumalen. Außerdem wird die Produktion wegen einiger gruseliger Szenen wohl kein »echter Kinderfilm«, so Steve Kloves, der Drehbuchautor. In Amerika wird er daher wohl beim Altersprädikat den Zusatz »Elternbegleitung« bekommen.

+++ Die Fans sind kritisch – Neues zum Film +++ Die Fans sind +++

AUFGABE 1

Nenne die charakteristischen äußeren Eigenschaften des peruanischen Viperzahns.

1. ____

2. ____

3. ____

AUFGABE 2

In welchem Alter fängt das Horn des Einhorns an zu wachsen?
a) Mit vier Jahren
b) Mit sieben Jahren
c) Mit fünf Jahren

AUFGABE 3

Wo sind die Gnome heimisch?
a) In Südeuropa
b) In Nordeuropa
c) In Mitteleuropa

AUFGABE 4

Ein norwegischer Stachelbuckel musste niesen und hat dabei die folgenden Begriffe völlig durcheinander gewirbelt. Welche magischen Geschöpfe verstecken sich hinter dem Buchstabensalat?

H	Z	H	W
N	A	C	O
R	N	S	

____

D	A	M	R
S	A	E	L
N	A		

____

W	O	W
E	L	R
F		

____

Z	V	A
E	P	N
I	R	H

____

N	H	I
O	N	E
R		

____

B	L	A	L	E
S	K	H	U	C
T	C	E		

____

Bei der Besetzung der einzelnen Rollen haben die Produzenten des Films weder Kosten noch Mühen gescheut. Beeindruckend liest sich die Liste der Macher und Schauspieler – selbst die kleinste Rolle (wie Bilder auf Spielkarten) – wurde mit Stars besetzt:

Die Schüler

Figur	**Darsteller**	**Erfahrungen**
Harry Potter	Daniel Radcliffe	fünf Filme, z.B. David Copperfield, Jg. 1989
Hermine Granger	Emma Watson	Newcomer
Ron Weasley	Rupert Grint	dreht bereits neuen Film: Thunderpants, Jg. 1989
Draco Malfoy	Tom Felton	vier Filme, z.B. Die Borger, Jg. 1987
Vincent Crabbe	James Waylett	Newcomer
Gregory Goyle	Joshua Herdman	Newcomer
Dean Thomas	Alfie Enoch	Theater, farbig, berühmte Stimme, Jg. 1989
Katie Bell	Emily Dale	
Lavender Brown	Kathleen Cauley	Newcomer
Terence Higgs	Scott Fearn	Newcomer
Seamus Finnigan	Devon Murray	vier Filme, z.B. New York Gangs
Oliver Wood	Sean Biggerstaff	zwei Filme, z.B. Wintergast, Jg. 1981
Neville Longbottom	Matthew Lewis (IV)	Newcomer
Marcus Flint	Will Theakston	Gerücht: Spielt er doch Terence Higgs?
Percy Weasley	Chris Rattling	Newcomer
Pansy Parkinson	Katharine Nicholson	Newcomer
Fred & George Weasley	James & Oliver Phelps	Newcomer
Ginny Weasley	Bonnie Wright	Newcomer
Lee Jordan	Luke Youngblood	Theater, König der Löwen, Jg. 1986

Das Hogwarts-Inventar

Figur	Darsteller	Erfahrungen
Argus Filch	David Bradley	17 Filme vor allem TV, Jg. 1942
Fastkopfloser Nick	John Cleese	86 Filme, z.B. James Bond, Dschungelbuch, Jg. 1939
Blutiger Baron	Terence Bayler	15 Filme, z.B. Glöckner von Notre Dame, Jg. 1930
Graue Lady	Nina Young	bekannt aus Bond-Film (Ravenclaw-Geist)
Peeves	Rik Mayall	52 Filme, z.B. Titelrolle Merlin, Robin Hood, Jg. 1958
Fette Dame	Elizabeth Spriggs	34 Filme, z.B. Alice im Wunderland, Jg. 1929
Rubeus Hagrid	Robbie Coltrane	57 Filme, z.B. Alice im Wunderland, Huck Finn, Jg. 1950
Fetter Mönch	Simon Fisher-Becker	20 Filme, meist komische Rollen
Dobby	Computeranimation	

Die Lehrer

Figur	Darsteller	Erfahrungen
Madam Hooch	Zoe Wanamaker	31 Filme, z.B. D. Copperfield, Jg. 1949
Professor Dumbledore	Richard Harris	72 Filme, z.B. Camelot, Gladiator, Jg. 1930
Professor Flitwick	Warwick Davis (spielt außerdem einen Kobold!)	21 Filme, z.B. Starwars, Gulliver, Jg. 1970
Professor McGonagall	Maggie Smith	50 Filme, z.B. Hook, Romeo & Julia, Jg. 1934
Professor Quirell	Ian Hart	35 Filme, z.B. Robinson Crusoe, Jg. 1964
Professor Snape	Alan Rickman	32 Filme, z.B. Titelrolle Rasputin, Jg. 1946

Familie Dursley

Figur	Darsteller	Erfahrungen
Onkel Vernon	Richard Griffiths	41 Filme, z.B. Superman, Tarzan, Jg. 1947
Tante Petunia	Fiona Shaw	28 Filme, z.B. Super Mario Bros., Jg. 1955
Dudley Dursley	Harry Melling	Newcomer

Sonstige Rollen

Figur	Darsteller	Erfahrungen
Lily Potter	Geraldine Somerville	16 Filme, z.B. Haunted
James Potter	Adrian Rawlins	20 Filme, z.B. Blut, überwiegend TV
Lord Voldemort	Richard Bremmer	18 Filme, z.B. Richard II, Jg. 1953, erscheint im HP-Film nur im Traum
Arthur Weasley	Robert Carlyle	erscheint erst in Kammer des Schreckens
Molly Weasley	Julie Walters	47 Filme, z.B. Oliver Twist, Jg. 1950
Griphook	Verne Troyer	16 Filme, z.B. Men in Black, Grinch, Jg. 1969
Gringotts-Kobold	Rusty Goffe	sieben Filme, z.B. Star Wars
Mr. Ollivander	John Hurt Gerücht: Sir Derek Jacobis	zehn Filme, z.B. Halloween (spielt auch Morgana auf Froschkarte)
Gilderoy Lockhardt	Hugh Grant	erscheint erst in Kammer des Schreckens
Unbekannt	Lizzy Wright	

Versetzungstest

1. Wie heißt der Quidditch-Kapitän der Ravenclaws?

a) Roger Davies

b) David Rogers

c) James Thomas

2. Wie nennt Barty Crouch Percy?

a) Percy

b) Wiesel

c) Weatherby

3. Wie lang ist Cedrics Zauberstab?

a) 12,25 Zoll

b) 17,25 Zoll

c) 10,25 Zoll

4. Aus welchem Material besteht Viktors Zauberstab?

a) Schwarzbuche und Drachenherzfaser

b) Blutbuche und Drachenherzfaser

c) Weißbuche und Drachenherzfaser

5. Wie heißt der Platzwärter bei der Quidditch-Weltmeisterschaft?

a) Mr Rupert

b) Mr Roberts

c) Mr Robins

6. Wie heißen die Maskottchen der Irischen Nationalmannschaft?

a) Irische Grünlinge

b) Niffler

c) Leprechans

7. Wie lang ist Lord Voldemorts Schlange Nagini?

a) vier Meter

b) neun Meter

c) elf Meter

8. Wann fand die Erste Aufgabe statt?

a) Am 20.11.

b) Am 22.11.

c) Am 24.11.

9. Gegen welchen der Drachen musste Fleur kämpfen?

a) Ungarischer Hornschwanz

b) Chinesischer Feuerball

c) Walisischer Grünling

10. Mit wem tanzte MadEye beim Weihnachtsball?

a) Professor McGonagall

b) Professor Trelawney

c) Professor Sinistra

11. Wie heißt die Freundin der Fetten Dame?

a) Lila

b) Rosa

c) Violett

12. Wie lautete das Passwort für das V-Schüler-Badezimmer?

a) Pinienfrisch

b) Bergfrisch

c) Zitrusfrisch

13. Welche Farbe hatte Parvatis Umhang beim Weihnachtsball?

a) Türkis

b) Himmelblau

c) Rot

14. Wie lang ist Fleurs Zauberstab?

a) 13,5 Zoll

b) 11,5 Zoll

c) 9,5 Zoll

15. Welche Farbe hatte Padmas Umhang beim Weihnachtsball?

a) Hellblau

b) Hellrot

c) Helltürkis

16. Aus welchem Material bestand Professor McGonagalls Umhang beim Weihnachtsball?

a) Russentuch

b) Perserteppich

c) Schottentuch

17. Wie heißt Rita Kimmkorns Feder?

a) Riesenspinner

b) Riesenknüller

c) Riesenfeder

18. Wie lang ist Viktors Zauberstab?

a) 10,25 Zoll

b) 13,5 Zoll

c) 17,5 Zoll

19. Wie heißt Fleurs Schwester?

a) Gabrielle

b) Cendrine

c) Isabelle

20. Welche Sprache sprechen die Wassermenschen?

a) Wässrig

b) Seeisch

c) Meerisch

21. Wie heißt der Häuptling der Wassermenschen?

a) Hocus

b) Pocus

c) Murcus

22. Auf wessen Grab wachte Harry nach dem Verlust seines Bewusstseins auf?

a) Auf Tom Riddles

b) Auf Tim Riddles

c) Auf Thomas Riddles

23. Was bedeutet B.ELFE.R?

a) **B**all- und Veranstaltungsservice von **ELFE**n für **R**eiche

b) **B**und für **ELFE**n**R**echte

c) **B**örse für **ELFE**n mit **R**ichtigem Geld

24. Welche Funktion hat der Ausspruch »Imperio«?

a) Todesfluch

b) Folterfluch

c) Unterwerfungsfluch

25. Mit Hilfe welches Zauberspruches vergrößert man Dinge?

a) Engorgio!

b) Avis!

c) Grandoro!

26. In welchem Krankenhaus liegen Nevilles Eltern?

a) St. Brutus

b) St. Mungo

c) St. Marcus

27. Was ist ein ZAG?

a) Eine Zauberagentur für die Grundausbildung

b) Ein Zauberartikel

c) Ein Zaubergrad

28. Wie heißt der Vater von Cedric Diggory?

a) Phillipp Diggory
b) Bertie Diggory
c) Amos Diggory

29. Wie lautet der Werbespruch für Bertie Botts Bohnen aller Geschmacksrichtungen?

a) Bertie Botts Bohnen aller Geschmacksrichtungen – russisches Roulette für Ihre Zunge!
b) Mit Bertie Botts Bohnen aller Geschmacksrichtungen erlebt man seine Überraschung für den Tag!
c) Bertie Botts Bohnen aller Geschmacksrichtungen – und Sie starten gut in den Tag!

30. Wie heißen die Maskottchen der Bulgaren?

a) Bulgarische Feuerbälle
b) Veelas
c) Klabauter

38. Aus welchem Material besteht Cedrics Zauberstab?

a) Aus Eschenholz und Einhornhaar

b) Aus Birkenholz und Phoenixfeder

c) Aus Eichenholz und Drachenherzfaser

39. Wer oder was ist »Tuffy«?

a) Eine Katze

b) Eine Kröte

c) Eine Eule

40. An welchem Tisch sitzen die Schüler aus Beauxbatons?

a) An dem von Hufflepuff

b) An dem von Ravenclaw

c) An dem von Gryffindor

41. Was ist ein knallrümpfiger Kröter?

a) Eine Kreuzung aus Heuschrecke und Kröte

b) Eine Kreuzung aus Heuschrecke und Hinkepank

c) Eine Kreuzung aus Heuschrecke und Feuerkrabbe

42. Welche Farbe hatte Pansys Umhang beim Weihnachtsball?

a) Blassrosa

b) Rosa

c) Dunkelrosa

43. Was wollen Fred und George Weasley nach ihrer Schulzeit machen?

a) Sie wollen Terroristen werden

b) Sie wollen Quidditch-Profis werden

c) Sie wollen einen Zauberladen eröffnen

44. Wo trifft Harry Wurmschwanz wieder?

a) Auf dem Friedhof

b) In Hogsmeade

c) In Hogwarts

45. Welche verhexte Süßigkeit nascht Dudley?

a) Würgzungen-Toffees

b) Langzungen-Toffees

c) Anschwell-Toffees

46. Wer vertritt Hagrid als Lehrer für das Fach »Pflege magischer Geschöpfe«?

a) Professor Raue-Piste

b) Professor Raue-Pritsche

c) Professor Raue-Patsche

47. Wie lautet Sirius' Tarnname als Hund?

a) Wuffel

b) Schatzi

c) Schnuffel

48. Was ist ein Omniglas?

a) Ein Quidditch-Fernglas

b) Ein festes Trinkglas

c) Ein Entscheidungsfinder

49. Welches Wesen hat mehr Zutrauen zu Frauen als zu Männern?

a) Das Einhorn

b) Der Hinkepank

c) Der Gnom

50. Wo muss Harry die zweite Aufgabe des Trimagischen Turniers lösen?

a) Im Irrgarten

b) Im Hogwarts-See

c) Im Schulgebäude

51. Was ist das Dunkle Mal?

a) Das Zeichen für Schwarze Magie

b) Das Zeichen von Voldemort

c) Das Zeichen für Dunkle Magie

52. Wer unterrichtet Arithmantik?

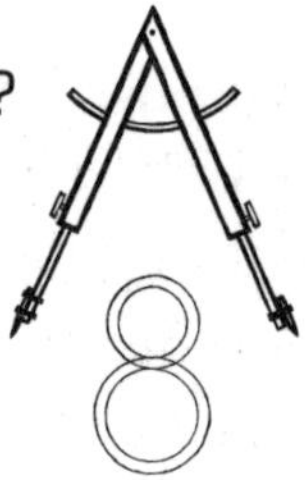

a) Professor Sinistra

b) Professor Kesselbrand

c) Professor Vektor

53. Welche Tiere ziehen die Kutsche der Beauxbatons-Schüler?

a) Palominos

b) Pferde

c) Einhörner

54. Wie endet das Quidditch-Spiel Irland gegen Bulgarien?

a) 170 zu 160 für Irland

b) 170 zu 160 für Bulgarien

c) Unentschieden

55. Wie heißt Rons kleine Eule?

a) Pigwidgeon

b) Eulchen

c) Schweinchen

56. Von welchem Ort aus startet Harry zur Quidditch-Weltmeisterschaft?

a) Vom Fuchsbau

b) Von der Portschlüsselstation Nord

c) Von Ottery St. Catchpole

57. Wie kann man Gebäude und Orte für Muggel unsichtbar machen?

a) Durch einen Unsichtbar-Zauber

b) Durch einen Muggelabwehr-Zauber

c) Durch einen Verschwinde-Zauber

58. Wo arbeiten Dobby und Winky?

a) In der Küche von Hogwarts

b) In den Bädern von Hogwarts

c) Im Speisesaal von Hogwarts

59. Wo entdeckt Harry das Denkarium?

a) Unter Dumbledores Schreibtisch

b) In Dumbledores Schrank

c) Auf Dumbledores Schreibtisch

60. Wer ist Hagrids Mutter?

a) Die Riesin Friedwulfa

b) Die Halbriesin Friedwulfa

c) Die Hexe Friedwulfa

61. Was sind Niffler?

a) Borstige, weiße Geschöpfe

b) Flaumige, weiße Geschöpfe

c) Flaumige, schwarze Geschöpfe

62. Wie heißt das Kraut, mit dem man unter Wasser atmen kann?

a) Alraunenkraut

b) Fingerhutkraut

c) Dianthuskraut

63. Was ist ein Grindeloh?

a) Ein Wasserdämon

b) Ein Poltergeist

c) Ein Spielzeug

64. Wo verstecken sich Sirius und Silberschnabel in Hogsmeade?

a) In einer Berghöhle

b) In einer Steinhöhle

c) In der Heulenden Hütte

65. Wer oder was sind die Todesser?

a) Anhänger der Schwarzen Magie

b) Anhänger der Dementoren

c) Anhänger von Voldemort

66. Wo erscheint Harry Potter nachts das Gesicht von Sirius Black?

a) Im Kaminfeuer

b) In der Berghöhle

c) In der Heulenden Hütte

67. Aus welchem Material besteht Fleurs Zauberstab?

a) Aus Rosenholz und Veelahaar

b) Aus Weidenholz und Veelahaar

c) Aus Eschenholz und Veelahaar

68. Wer sind Connolly, Ryan, Troy, Mullet, Moran, Quigley und Lynch?

a) Die irischen Quidditch-Nationalspieler

b) Die Spieler der Chudley-Cannons, Rons Lieblingsmannschaft

c) Die bulgarischen Quidditch-Nationalspieler

69. Wie viele Sitzplätze hat das Quidditch-Stadion?

a) 100 000 Sitzplätze

b) 150 000 Sitzplätze

c) 200 000 Sitzplätze

70. Wo wohnen die Schüler Durmstrangs während des Turniers?

a) In einem Schiff

b) In einer Kutsche

c) In Hogwarts

71. Wie heißt Viktor Krums berühmte Quidditch-Taktik?

a) Russki-Bluff

b) Polski-Bluff

c) Wronski-Bluff

72. Wie alt muss ein Bewerber für das Trimagische Turnier mindestens sein?

a) 15 Jahre

b) 16 Jahre

c) 17 Jahre

73. Was sind Dobbys liebste Kleidungsstücke?

a) Socken

b) Pullover

c) Bunte Strumpfhosen

74. Wie heißt Dracos Mutter?

a) Perenelle

b) Narzissa

c) Liana

75. Aus welchem Material bestand Fleurs Umhang beim Weihnachtsball?

a) Aus Seide

b) Aus Satin

c) Aus Leinen

76. Mit welchem Portschlüssel gelangen Harry, Hermine und die Weasleys zum Quidditch-Spiel?

a) Mit einer Sandale

b) Mit einem Hackenschuh

c) Mit einem Gummistiefel

77. Die wievielte Quidditch-Weltmeisterschaft findet in England statt?

a) Die 422.

b) Die 551.

c) Die 554.

78. Seit wann gibt es Ollivander?

a) Seit 382 v. Chr.

b) Seit 121 v. Chr.

c) Seit 33. v. Chr.

79. Welche Zimmernummer hat Harry im »Tropfenden Kessel«?

a) 3

b) 11

c) 24

80. Aus welchem Holz ist Lily Potters Zauberstab?

a) Aus Rosenholz

b) Aus Weidenholz

c) Aus Buchenholz

+++ Zauberwitze +++ Zauberwitze +++ Zauberwitze +++

»Nun, mein Sohn, was habt ihr denn heute in der Schule gehabt?«, fragt die Mutter einen Zauberschüler.
»Deutsch«, antwortet der knapp.
»Und dann?«
»Mathe.«
»Und dann?«, will die Frau wissen.
»HUNGER!!!«

+++ Zauberwitze +++ Zauberwitze +++ Zauberwitze +++

Zauberexamen

Auch in diesem Trimester sollt ihr natürlich wieder die Möglichkeit haben, durch Bestehen des Zauberexamens wertvolle Punkte für euer jeweiliges Haus zu sammeln. Für die beiden Rätsel des diesjährigen Zauberexamens haben wir uns daher etwas ganz Besonderes ausgedacht. Dazu müsst ihr euch zunächst das Zaubersportbild und die Zauberkarte im Farbbildteil dieses Buches ganz genau ansehen.

+++ Die Merchandisingmaschine rollt – Neues zum Film +++

Im November 2001 fällt fast überall auf der Welt der Startschuss zur Filmpremiere. Rechtzeitig zum Kinostart wird natürlich auch eine schier unüberschaubare Anzahl von Fanartikeln auf den Markt gebracht. Die Werberechte gingen angeblich für eine Summe von 150 Millionen US-Dollar exklusiv an Coca-Cola.
Nicht allen Fans gefällt die Vorstellung, einen aufziehbaren Harry, eine piepsende Hermine oder andere Merchandisingprodukte zu Hause im Schrank stehen zu haben. Dazu sei von unserer Seite nur eins gesagt: Wenn niemand die HP-Zahnbürsten kauft, dann werden sie auch nicht mehr produziert.

+++ Die Merchandisingmaschine rollt – Neues zum Film +++

Zaubersporträtsel

Auf dem Bild sind verschiedene Begriffe dargestellt und mit Ziffern von eins bis sieben gekennzeichnet. Damit die Aufgabe nicht völlig unlösbar wird, haben wir euch einige Buchstaben als Hilfe vorgegeben. Versucht also, die Begriffe zu erraten, und tragt sie – entsprechend den vorgegebenen Ziffern – in die unten stehenden Felder ein. Die Buchstaben in den grau unterlegten Kästchen ergeben von oben nach unten gelesen das Lösungswort.

1.								_	A	F	F	E	_	
2.						_		C	H	E	R			
3.						_		M	E	T				
4.				Q	_	_		D	_	_	_	_		
5.	_	U	F	F	_	_		U	F	F				
6.						G		_	_	_	_	E	R	
								S	C	H	_	_	_	_
7.								_	E	I	B	E	_	

Zauberkartenrätsel

Auch bei diesem Rätsel gilt es, die in der Karte dargestellten Begriffe zu erraten und entsprechend der Ziffern in die richtigen Felder einzutragen. Die Lösung ist nicht ganz einfach, aber schließlich seid ihr ja auch keine Anfänger mehr.

1. _ _ _ _ ■ _ A D E
2. _ ■ H N H _ _
3. _ _ _ Ä _ _ _ _ _ ■ _
4. _ U _ ■ D _ _ _ H
5. _ ■ E
6. _ _ ■ _ _ _ _ _ _ _
_ _ L D
7. H _ _ _ ■ _ _ _
H _ _ _ _
8. H Ö _ _ _
V _ _ S _ ■ _ _ _
9. S _ _ _ _ ■ S
10. M
11. H ■ _ _ _ _ _
H _ _ _ _
12. ■ _ _ _ _ _ _
E N D E
W _ _ _ _

+++ Zauberwitze +++ Zauberwitze +++ Zauberwitze +++

Draco Malfoy ist zum ersten Mal in einer Bauchrednervorstellung und der Bauchredner erzählt Zauberwitze. Irgendwann wird es dem Jungen zu viel, er steht auf und schreit: »Hey, was erlauben Sie sich, solche dummen Witze über uns zu reißen?« – »Oh, Entschuldigung, wenn ich Sie gekränkt habe,« antwortet der Bauchredner. Darauf Draco: »Ich rede doch nicht mit Ihnen, Sie Schwachkopf, sondern mit der doofen Puppe die Sie da in der Hand halten!«

+++ Zauberwitze +++ Zauberwitze +++ Zauberwitze +++

+++ Harry +++ Harry +++ Harry +++ Harry +++ Harry +++

Harry, der große Star,
kann zaubern ganz wunderbar.
Bei den Muggeln ist er unbekannt,
nur mit den Dursleys ist er verwandt.
Sein größter Feind ist Voldemort,
aber Harry besiegte ihn und scheuchte ihn fort.

Doch das Schreckliche passierte im letzten Jahr,
denn plötzlich war Voldemort wieder da.
Harry wird ihn sicher noch mal besiegen
und sein Feind wird wieder am Boden liegen.
Denn der Junge kann fliegen ganz wunderbar,
besser als Viktor Krum sogar.

Das Trimagische Turnier hat er auch gewonnen
und damit hat sein Leben als Champion begonnen.
Seine Freunde werden ihm helfen,
wie sie es taten bei den Elfen.
Also kann gar kein Zweifel bestehen,
Voldemort wird bald untergehen.

Anna Poppen

+++ Harry +++ Harry +++ Harry +++ Harry +++ Harry +++

Chat

Die inzwischen weit über 100 000 Mitglieder unseres Fanclubs, die sich auf verschiedenste Weisen interaktiv an unserer Arbeit beteiligen, nutzen den von uns eingerichteten HP-Chat begeistert zum Informationsaustausch. Schließlich ist dies einfach die beste Möglichkeit, sich virtuell mit Leuten aus aller Welt zu unterhalten.

Dabei sorgen das breite Altersspektrum und die verschiedenen Nationalitäten der Teilnehmer für spannende Begegnungen und interessante Gespräche rund um das Zauberinternat und den berühmtesten Zauberschüler aller Zeiten.

Chattitüden

Natürlich sollte ein jeder auch beim Chatten bestimmte Regeln beachten und sich nicht daneben benehmen. Im täglichen Umgang mit den anderen merkt man dabei schnell, was erlaubt ist und was nicht. Für alle Schüler gelten daher nicht nur die drei verbotenen Flüche, sondern im HP-Chat auch die unumstößliche Regel: Stelle nie eine der drei verbotenen Fragen:

Frage 1: Wie alt seid ihr denn?

Das interessiert nämlich eigentlich nicht. Du darfst aber gerne sagen, wie alt du bist.

Frage 2: Wie wird man hier Admin?

Admin wird man nicht, das ist man. Oder auch nicht. Das Ganze ist auch kein Spaß, sondern bedeutet jede Menge Arbeit und Verantwortung. Und wer den HP-FC in vielen anderen Dingen unterstützt und etwa im Chat hilft (beispielsweise bei den Erstklässleraufgaben), wird vielleicht auch mal gefragt, ob er oder sie Admin werden möchte. Im Chat mag diese Frage jedoch niemand lesen.

Frage 3: Wer will mit mir chatten?

Die blödeste aller Fragen sollte man nun wirklich vermeiden. He, rede einfach mit uns, erzähl was von dir ... begrüß diejenigen, die reinkommen, verabschiede dich von denen, die gehen ... der Rest ergibt sich von selbst.

Chattertypen

Im Chat tummeln sich die unterschiedlichsten Charaktere und Typen. Vom schüchternen Anfänger über den nervigen Störenfried bis zum coolen Insider – schließlich sind Chatter auch nur Menschen. Und die lassen sich, auch wenn wir nicht in Schubladen denken wollen, samt ihrem typischen Verhalten ziemlich gut verallgemeinern, wie die folgende Übersicht anschaulich zeigt:

Normaler User jüngerer Ausführung

Alter: 8–11 Jahre

Merkmale weiblich

Hobbys: Blöckflöte und Reiten

Typische Frage: »Wer will chatten?«

Merkmale männlich

Hobbys: Fußball und Inlineskaten

Typische Frage: »Wer will chatten?«

Normaler User älterer Ausführung

Alter: 12–16 Jahre

Merkmale weiblich

Typische Frage: »Wer hat Bock zu chatten?«

Hobbys: Volleyball und Freunde treffen

Merkmale männlich

Typische Frage: »He, wer hat Bock, mit mir zu chatten?«

Hobbbys: Computern und Skateboarden

Totaler Anfänger

Alter: 10–14 Jahre

Merkmale: gelbe Schriftfarbe

Typische Fragen: »Wer will chatten?«; wenn ihn niemand hört: »Wer chatten will, drückt 111«; wenn das auch nichts nützt: »Ich bin neu hier, wer kann mir helfen?«

Anfänger neugieriger, nerviger Ausführung

Alter: 10–12 Jahre

Merkmale: stellt unablässig Fragen

Typische Fragen: »He, was bedeutet dieses Admin da?«; später: »Wie kann ich Admin werden?«; dann: »Aha, und was ist ein Superuser?«

Girlie jüngerer Ausführung

Alter 10-13 Jahre
Merkmale: Namen wie »sweetgirlie«, »ChoPotter« oder »minniginny«
Typische Frage: »He, welcher süße Boy will chatten?« (Er sollte ein Handy haben.)

Girlie ausgeflippterer Art

Alter: 11-13 Jahre
Merkmale: Namen wie »sexyhexy« oder »Pamela Anderson«
Typische Fragen: »He, wer will mit einem total sexy Girl chatten?« oder »Traut euch, Boys.«

Bengel

Alter: 12-13 Jahre
Merkmale: Sucht sich grundsätzlich Mädchen zum Chatten aus und beginnt schon bald, an irgendetwas rumzumeckern; gerät mit dem Mädchen in Streit und benutzt unangebrachte Wörter; wenn Admins durch Knebeln für Ruhe sorgen, regt er sich auf und wird schließlich gekickt.

Rummeckerer oder Schleimer

Alter: 12-14 Jahre
Merkmale: meist hartnäckiger, unsymphatischer Ausführung
Typische Fragen: »Aber wie bist du denn Admin geworden?«; »Warum darf ich das nicht werden, ich wäre bestimmt ein guter Admin« oder: »He, der da hat mich gerade beleidigt, jetzt kick den doch endlich, hast du nicht gemerkt, wie der mich beleidigt hat?«

Störenfried unkoordinierter Ausführung

Alter: unbekannt
Merkmale: Fliegt in den Chat ein und schreibt intelligente Sachen, wie: »dvjdjhgjkf« oder »dofjdljgflg«; dank der Admins bleibt er einem aber meistens erspart.

Störenfried systematischer Ausführung

Alter: meist unbekannt
Merkmale: Kommt sofort unter neuem Nick zurück, wenn er gekickt wurde, nach einiger Zeit wird es ihm aber zu stressig, denn die fleißigen Admins lassen sich nicht einschüchtern; notfalls wird die IP für den Chat gesperrt.

Werbungmacher

Alter: 11-14 Jahre
Merkmale: echt ätzend, oft eigene Homepage, etwa www.harryistjasotoll.de; wird von den Admins gleich gekickt
Typische Bemerkungen: »Meiner ist der beste Fanclub der Welt!!!«; »Kommt alle auf meine Seite« oder »In meinem Chat wird jeder Admin«.

Insider

Alter: 14-16 Jahre
Merkmale: cool, kommt lässig rein, wird von allen Seiten umknuddelt – jeder kennt ihn –, knuddelt zurück und beginnt gleich ein Gespräch.

Chat Admin – das Original

Alter: 14-40 Jahre
Merkmale: wird viel begrüßt, umschleimt, aber auch beschimpft, muss machmal reihenweise Leute kicken oder knebeln und jede Menge lästige Fragen aushalten; (baal, Caprimond, Dekar, Felidae, Ginnymausi, Hazard, jati, Jojo, Julian, Kathrin, Magister, manu, Raph, sarah, Shapeshifter)

Chat Admin (temp)

Alter: 9-99 Jahre
Merkmale: stolz auf den Titel und engagiert; erklärt gerne; wird ständig mit einem echten Admin verwechselt, was ihn ungemein freut; allerdings besitzt er nicht die Fähigkeit, Admins zu ernennen, und ist mit dem Ausloggen wieder normaler User.

Superuserin

Alter: definitiv bald 18
Merkmale: ausschließlich weiblich; seltenes Phänomen mit chronischem Zeitmangel; ständig genervt und umjubelt

Die Drehorte sind sorgfältig ausgesucht worden und fast alle in England gelegen. Leider gibt es kein Schloss, das Hogwarts stark ähnelt, und so wurden die verschiedensten Einstellungen des Schlosses an 25 verschiedenen Orten überall auf der Insel verstreut abgedreht. Einen kleinen Eindruck hiervon soll die Tabelle vermitteln:

Ort im Roman	**Drehort**	**Lage des Drehortes**
Ligusterweg	Picket Post Close	kleine Straße in Bracknell (50 000 Einwohner) in der Nähe von London
Hogwarts (Klassenräume)	Durham Cathedral	alte normannische Kirche (errichtet 1093, Weltkulturerbe) direkt neben der Gloucester-Kathedrale; mit Oxford einer der Hauptdrehorte; für Winterszenen komplett mit Kunstschnee bedeckt
Hogwarts (Große Halle)	Gloucester Cathedral	alte Kathedrale in der gleichnamigen Stadt Gloucester; eigene schwarze Kathedralenkatze namens Maud
Hogwarts (Bibliothek, Krankenflügel)	Bodleian-Bibliothek der Universität Oxford, Christ-Church-College	viele miteinander verbundene Teile: Duke Humfrey Bibliothek (Madam Pince Bibliothek), Devinity School (Madam Pomphreys Krankenflügel); Dreharbeiten nur außerhalb der Öffnungszeiten der Duke Humfrey Bibliothek möglich

Ort im Roman	Drehort	Lage des Drehortes
Hogwarts	Lacock Abbey	Dreharbeiten unter strengsten Sicherheitsabsperrungen; auch Nachbarschaft als Filmkulisse
Quidditch-Feld	Alnwick Castle	größtes bewohntes Schloss, abgesehen von Schloss Windsor; erstmals vor 900 Jahren erwähnt; seit 700 Jahren im Besitz der Dukes von Northumberland
Gringotts Bank	Australische Botschaft in London	Gerücht: 100 000 US-Dollar Miete für drei Drehtage
Hogwarts Express	Alter Westernzug No. 5972 »Olton Hall«	Baujahr 1937; wurde extra für den Film rot lackiert
Hogsmeade Station	Goathland Station	unveränderter alter Backsteinbahnhof in einem Moorland-Dorf in Nord Yorkshire
sonstige Innenszenen	Leavesden-Studios	80 000 qm große überdachte Halle 20 Meilen nordwestlich von London; 18 Monate wurde unter strengster Geheimhaltung gedreht; hier wurde auch Star Wars produziert
Godric's Hollow (Wohnort/Ermordung von Harrys Eltern)	Kirchhof von St. Cyriacs in Lacock	wurde völlig umgestaltet mit Grabsteinimitationen …

+++ Zauberwitze +++ Zauberwitze +++ Zauberwitze +++

Was ist Malfoy in Salzsäure? – Ein gelöstes Problem.

»Und hier soll wirklich ein Geist sein?«, fragt ein Zauberschüler den Blutigen Baron bei einem Rundgang durchs Zauberinternat. »Also, ich habe noch keinen gesehen und wohne hier schon, seit ich tot bin.«

Eine Zauberschülerin schreibt einen Brief in unvorstellbar großen Buchstaben. »Warum schreibst du denn so groß?«, fragt ihre Klassenkameradin neugierig. Die Gefragte erklärt ungeduldig: »Ich schreibe an meinen Großvater, der ist taub.«

Ein Zauberschüler liest im Geschichtsbuch über die Entdeckung Amerikas. Dabei stößt er auf den Vermerk: »Kolumbus, 1451«. Er ruft seinen besten Freund und fragt ihn, was die Ziffern zu bedeuten hätten. »Hmm, vielleicht seine Telefonnummer?«, meint der andere.

+++ Zauberwitze +++ Zauberwitze +++ Zauberwitze +++

Kleines Zauberlexikon

Zauberbegriff	Erklärung
Abenteuer des Martin Miggs, die	Muggel-Comics von Ron
Abenteuer mit Vampiren	Buch von Gilderoy Lockhardt
Accio	Beschwörungszauber
Adler	auch: Aar; beliebtes Wappentier
Alraune	auch: Mandragora; mächtige, von Sagen umwobene Zauberpflanze mit menschlichen Zügen und Entwicklungsverlauf
Alte Runen	in Stein, Metall oder Holz geritzte Schriftzeichen
Animagi	Zauberer, die sich in Tiere verwandeln können; meldepflichtig
Aparecium	ein Zauberspruch, der unsichtbare Tinte sichtbar macht
Apparieren	Möglichkeit der Fortbewegung durch Unsichtbarwerden und Auftauchen
Aragog	gefährliche Riesenspinne, die im Verbotenen Wald lebt; mit Hagrid befreundet
Askaban	Gefängnisinsel für Zauberer, von Dementoren bewacht
Astronomie	ein Fach, in dem es um das Studieren der Galaxie geht

Zauberbegriff	Erklärung
Auror	Bekämpfer von Todessern
Avada Kevadra	unverzeihlicher Fluch – Todesfluch
B.ELFE.R	Bund für ELFEnRechte; gegründet von Hermine
Bane	ein Zentaur aus dem Verbotenen Wald
Basilisk	gilt als gefährlichste Schlange
Beauxbatons	französische Zauberschule, die am Trimagischen Turnier teilnimmt
Belladonna-Essenz	Zutat für Zaubertränke zum Verschönern
Bergtroll	gefährliche Trollart
Berühmte-Zauberer-Karten	Sammelkarten von Zauberern; in Schokoladenfröschen enthalten
Beschwörungszauber	auch: Advocatio; eine der vier Hauptformen der Magie
Besen	wichtigstes Fortbewegungsmittel für Hexen und Zauberer; nötig zum Quidditch
Bindehautentzündungsfluch	Zauberspruch; lässt das Auge schmerzen; blendet
Blutgeschmack-Lutscher	Lutscher für Vampire
Bohnen aller Geschmacksrichtungen	Zauberbonbons

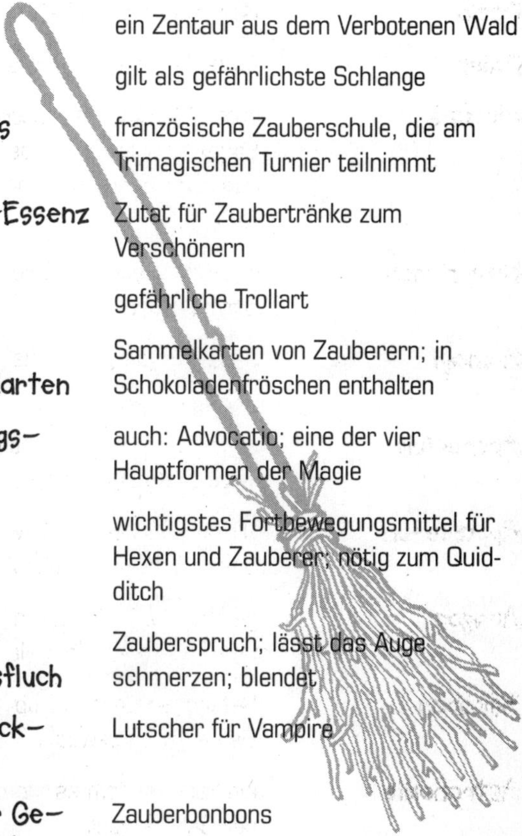

Zauberbegriff	Erklärung
Borgin and Burkes	Laden für dunkle Künste in der Nukturn-Gasse
Briefe	spielen oft eine wichtige Rolle in der Zauberwelt, da in ihnen geheime Botschaften und Anweisungen übermittelt werden können
Bubbels Blaskaugummi	besonderes Kaugummi; gibt es im Hogwarts-Express zu kaufen
Bücher 	Was wäre ein Zauberer ohne Bücher? Es gibt sie zu den verschiedensten magischen Themenbereichen, oft werden sie auch als Lehrbücher verwendet; besonders interessant: verbotene Bücher, in denen man eigentlich gar nicht lesen darf, da sie gefährliche oder geheime Informationen enthalten
Buhlen mit Ghulen	Buch von Gilderoy Lockhardt
Butterbier	warmes Getränk; zu kaufen in Hogsmeade
Chinesischer Feuerball	Drachenart, rote Färbung mit Mähne aus goldenen Stacheln; Gegner Viktors bei der Ersten Aufgabe
Chudley Cannons, die	ein professionelles Quidditch-Team; tragen Orange; auf Platz neun der Liga; Rons Lieblingsmannschaft

Zauberbegriff	Erklärung
Cruciatus-Fluch	unverzeihlicher Folterfluch; angewendet: »Cruccio!«
Dementor	Kreatur, die Menschen die Seele aussaugt; Wächter von Askaban
DeMimsey-Porpington, Sir Nicholas	Name des Fast kopflosen Nicks; Geist von Gryffindor
Denkarium	Externe Gedankensammlung von Dumbledore
Dernish and Banges	Laden für Zauberzubehör in Hogsmeade
Dianthus	auch: Kiemenkraut; lässt einem für eine Stunde Kiemen und Flossen wachsen – man wird zum Wasseratmer
Disapperation	eine Methode für Zauberer, um zu verschwinden
Dissendium	Zauberspruch, um eine Statue zu öffnen
Dobby	Hauself der Malfoys
Drachen	zählen zu den ältesten Fabel- und Zauberwesen; meist sehr gefährlich; übernehmen oft die Rolle des Bösen
Drei Besen, zu den	eine Kneipe in Hogsmeade
Duellierclub	Club, in dem Schüler lernen sollen, sich im Zauberduell zu bewähren

Zauberbegriff	Erklärung
Durmstrang	bulgarische Zauberschule, die am Trimagischen Turnier teilnimmt
Du-weißt-schon-wer	Umschreibung für Lord Voldemort
Eeylops Eulenkaufhaus	Kaufhaus in der Winkelgasse
Ei, goldenes	einer der Schlüssel für das Trimagische Turnier
Einäugige Hexe, die	Statue mit einem Geheimgang nach Hogsmeade in den Honigtopf
Eingreifzauberer	Mitglieder der Magischen Polizeibrigade
Einhorn	eine pferdeähnliche, hochmagische Kreatur mit einem Horn auf der Stirn; wer ein Einhorn tötet, ist für immer verflucht
Elfen	in ihrem Wesen sehr unterschiedliche Zaubergeister; ursprünglich aus der germanischen Mythologie; können sowohl hilfreich als auch unheilvoll sein
Erinnermich	murmelgroße Glaskugel, gefüllt mit weißem Rauch; wenn der Rauch rot wird, hat man etwas vergessen
Ern	Fahrer des Fahrenden Ritters
Errol	Familieneule der Weasleys

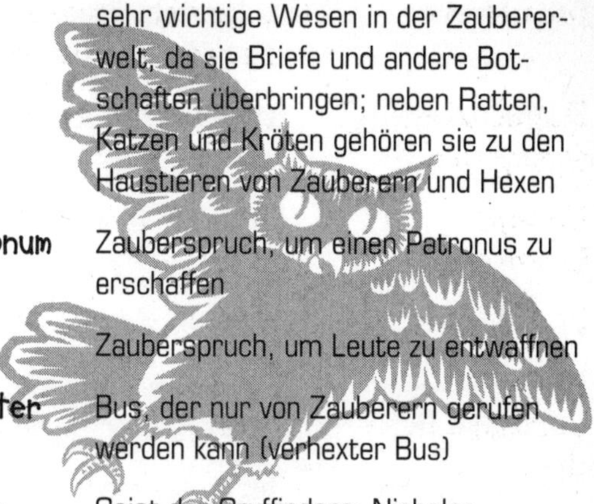

Zauberbegriff	Erklärung
Eulen	sehr wichtige Wesen in der Zaubererwelt, da sie Briefe und andere Botschaften überbringen; neben Ratten, Katzen und Kröten gehören sie zu den Haustieren von Zauberern und Hexen
Expecto patronum	Zauberspruch, um einen Patronus zu erschaffen
Expelliarmus	Zauberspruch, um Leute zu entwaffnen
Fahrender Ritter	Bus, der nur von Zauberern gerufen werden kann (verhexter Bus)
Fast kopfloser Nick	Geist der Gryffindors; Nicholas de Mimsy-Porpington
Fawkes	Dumbledores Phönix, zerfällt zu Asche und ersteht auf
Ferula	Zauberspruch, um eine Schlinge zu ziehen
Fette Dame	Frau, die den Eingang zum Gryffindor-Turm bewacht
Fetter Mönch	Hausgeist der Hufflepuffs
Feuerblitz	bester Besen aller Zeiten; wurde Harry von Sirius Black geschenkt
Feuerkelch	magisches Gefäß, das die Champions auswählt; großer, grob geschnitzter Holzkelch; bis zum Rand mit blauweißem Feuer gefüllt

Zauberbegriff	Erklärung
Filibuster-Feuerwerk	Feuerwerk, das die Weasley-Zwillinge lieben
Finite Incantatum	Zauberspruch zur Beendigung von Unruhe
Firenze	Zentaur aus dem Verbotenen Wald
Fliegender Teppich	hervorragendes Familienfahrzeug, transportiert bis zu zwölf Personen
Floh-Pulver	Pulver, das Zauberern erlaubt, von einem Ort zu einem anderen zu gelangen
Flubberwürmer	harmloser magischer Wurm; Schüler mussten im Examen versuchen, einen lange leben zu lassen
Flüche, unverzeihliche	Magier kennen drei: Avada Kevadra, Cruciatus, Imperius
Fluchumkehr	treffen sich zwei Bruderstäbe aus gleichem Material, kommt es zum »Priori Incantatem«; die Stäbe spinnen ein Kraftfeld, wobei der schwächere Zauberer gezwungen wird, die zuletzt getätigten Zauber als Schattenbild erscheinen zu lassen
Fluffy	dreiköpfiger Hund
Galleonen	Zauberermünzen, die 17 Sickel wert sind

Zauberbegriff	Erklärung
Geister	jahrhundertealte Wesen, die vorwiegend durch alte Gemäuer spuken; angeblich handelt es sich dabei um die Seelen der verstorbenen Hausbewohner; meist durchsichtig oder weiß; können fliegen
Gänseblümchenwurzeln	Zutat für Schrumpftränke
Gargoylen	Wasserspeier (meist bei alten Schlössern, Kirchen etc.)
Geheimniswahrer	Person, in der das Geheimnis eines Fidelius-Zaubers verborgen wird
Gemeinschaftsraum	Treffpunkt (auch zum Hausaufgaben machen) in jedem Haus
Gestaltswandler	Wesen, die ihre Gestalt ändern können (Animagi und Vampire)
Ghul	harmloser Poltergeist; lebt auch im Fuchsbau
Gnome	kleine, geisterhafte Geschöpfe, meist Erd- oder Berggeister, die zum Leidwesen vieler Menschen ihr Unwesen treiben
Godrics Höhle	Lily und James Potter lebten dort, bevor sie ermordet wurden

Zauberbegriff	Erklärung
Goldener Schnatz	Quidditch-Ball in der Größe einer Walnuss mit kleinen Flügeln; ein Spiel endet erst dann, wenn der Schnatz vom Sucher gefangen wurde (150 Punkte)
Grindeloh	ein Wasserdämon
Gringotts	Zaubererbank, von Kobolden bewacht
Große Halle	Treffpunkt für alle Hogwarts-Schüler zu besonderen Anlässen
Großer Tisch	Tisch in der großen Halle, an dem alle Lehrer sitzen
Handlesen	eine Weissagungsmethode
Hauselfen	kleine Kreaturen, die als Sklaven von reichen Familien gehalten werden; um freizukommen, müssen ihre Meister ihnen Kleidung (ein Stück Stoff) geben
Hauspunkte	können durch Quidditch-Spiele erworben werden; Lehrer können jederzeit Schülern (deren Haus) wegen guter oder schlechter Aktionen Punkte gutschreiben oder abziehen
Hedwig	Harrys Schneeeule, ein Geschenk von Hagrid
Hermes	Percys Eule
Heulende Hütte	verfallene Hütte in Hogsmeade; gilt als verflucht; Zufluchtsort von Lupin

Zauberbegriff	Erklärung
Heuler	ein Brief, der wüste Beschimpfungen in hoher Lautstärke ausstößt; schickt sie euren Feinden!
Hexeninstitut von Salem	von den Muggeln totgeschwiegen; schlimme Erinnerungen an Hexenverfolgungen etc.
Hexenwoche	wöchentlich erscheinendes Magazin, das Wettbewerbe für das charmanteste Lächeln ausschreibt
Hinkepank	Sumpfgeist
Hippogreif	magische Kreatur, die Krallen und Kopf eines Adlers und Körper und Beine eines Pferdes hat
Höchst potente Zaubertränke	Buch aus der Verbotenen Abteilung der Bibliothek
Hogsmeade	Hexen und Zaubererstadt (-dorf) in der Nähe von Hogwarts
Hogwarts-Express	Zug, der Schüler von Kings Cross nach Hogwarts bringt
Hüter	Position im Quidditch; versucht zu verhindern, dass der Quaffel in die Ringe geht
Hütte auf dem Berg	Platz, an dem sich Familie Dursley versteckt hat und wo Hagrid Harry fand

Zauberbegriff	Erklärung
Impervious	Zauberspruch, den Hermine benutzte, um Harrys Brillengläser wasserabweisend zu machen
Irrwicht	Gestaltswandelgeist
Jäger	Position im Quidditch, drei in jedem Team versuchen den Quaffel in die Ringe zu befördern, um 10 Punkte zu bekommen
Kammer des Schreckens	von Salazar Slytherin gebaute Kammer
Kappas	affenähnliche, schuppige Wasserbewohner; bringen mit ihren schwimmhautbewehrten Händen jeden um, der ihren Tümpel betritt
Klatscher	schwarzer Quidditch-Ball; kleiner als der Quaffel; versucht, Spieler von den Besen zu stoßen; Treiber wissen das zu verhindern
Knallrümpfiger Kröter	Kreuzung zwischen Heuschrecke und Feuerkrabbe; wachsen innerhalb kürzester Zeit von 15 cm zu 3 m Länge heran
Knut	kleine Münze; 29 ergeben einen Sickel

Zauberbegriff	Erklärung
Kobolde	kleine Geister, die sich meist im Haus oder Hof aufhalten und die verschiedensten Namen tragen; oft sind sie heimtückisch, können sich aber auch als wertvolle und kluge Ratgeber erweisen
Krätze	Rons alte, nutzlose Ratte; Peter Pettigrew
Kräuterkunde	wichtiges Fach für Zauberer und Hexen, das sich mit der Wirkung und Anwendung mythologischer und heilender Pflanzen befasst
Krone	Spitzname von James Potter zu Hogwarts Zeiten
Krummbein	Hermines Kater (hasst Krätze)
Kürbispasteten	Süßigkeit aus dem Hogwarts- Express
Kwikzaubern	Kurs zum Erlernen einfacher Zaubersprüche (meist für Squibs)
Labyrinth	Irrgarten; wurde für die dritte Aufgabe auf dem Quidditch-Feld errichtet
Leprechan	Maskottchen der irischen Nationanalmannschaft bei der Q-WM; Elementargeister
Liebe	wie Dumbledore behauptet, der allermächtigste Schutzzauber
Ligusterweg 4	Straße, in der die Dursleys leben

Zauberbegriff	Erklärung
Little Hangleton	Wohnort von V's Vater Tom Riddle
Lunaskop	magisches Gerät; zeigt Mondphasen an
Lykanthropie	Geisteskrankheit; bewirkt Verwandlung in Werwolf
Madam Malkins Anzüge	Laden in der Winkelgasse
Magisches Ich	Buch von Gilderoy Lockhardt
Mars	viertnächster Planet zur Sonne
Maulende Myrthe	Geist, der sich auf der Mädchentoilette aufhält und erzählt, dass niemand sie mag (was auch stimmt)
Medimagier	magischer Sanitäter
Meerisch	Sprache der Wassermenschen
Merkur	nächster Planet zur Sonne
Ministerium für Muggelartefakte	Arbeitsort von Mr Weasley
Moderne Geschichte der Magie	Buch über die Geschichte der Magie
Morsmordre	Spruch, um das Dunkle Mal an den Himmel zu zaubern
Mosag	Riesenspinne, Frau von Aragog
Muggel	so nennen Zauberer das nichtmagische Volk

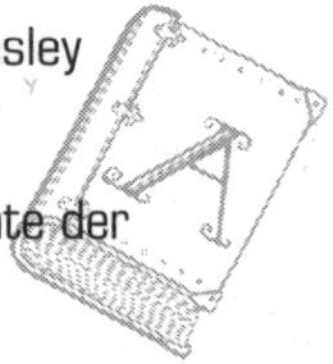

Zauberbegriff	Erklärung
Muggel-schutzgesetz	ein von Arthur Weasley entworfenes Gesetz, das Magiern bestimmte Dinge verbietet
Nagini	Schlange V's; ihre Milch hält ihn am Leben
Neptun	zweitnächster Planet zur Sonne
Nesseln	Pflanzen zur Heilung von Furunkeln
Niffler	flaumige, schwarze Vierbeiner; Schatz-suchtiere
Norbert	Drache, den Hagrid gewonnen und heimlich großgezogen hat
Nukturn-Gasse	Staße in der Nähe der Winkelgasse mit vielen Läden der dunklen Magie
Obliviate	Zauberspruch, um alles zu vergessen
Oger	menschenähnlicher Barbar, »Fast-Riese«
Ollivanders	Laden für Zauberstäbe in der Winkel-gasse
Omniglas	auch: Omnicular; Fernglas zur Vergrö-ßerung, Verlangsamung oder Wieder-holung bestimmter Szenen
Parsel	seltene Fähigkeit, mit Schlangen zu sprechen
Peeves	ein Poltergeist

Zauberbegriff	Erklärung
Peitschende Weide	Baum außerhalb von Hogwarts, der agressiv wird, wenn jemand in seine Nähe kommt
Pokalzimmer	großer Saal in Hogwarts zur Aufbewahrung von Pokalen, Medaillen, Auszeichnungen etc.
Porskoff-Täuschung	Taktisches Manöver beim Quidditch; Viktor ist Meister darin
Portschlüssel 	Zauberschlüssel; ermöglicht den Transport mehrerer Personen an einen anderen Ort – vergleichbar mit öffentlichen Verkehrsmitteln
Quaffel	basketballgroßer, sich nicht selbst bewegender Ball beim Quidditch; muss durch die Ringe befördert werden (10 Punkte)
Quidditch	Zauberersport; auf Besen mit je sieben Spielern und vier Bällen gespielt
Railview Hotel	Hotel am Stadtrand, in dem sich die Dursleys versteckten
Rictusempra	Zauberspruch zum Kitzeln
Riesenkrake	großer Tintenfisch, der im See haust; spielt gerne

Zauberbegriff	Erklärung
Riesenspinnen	normalerweise Größe eines Kutschpferdes, leben im VW; sehr intelligent, können sprechen; König Aragog ist elefantengroß
Ripper	Bulldogge von Tante Magda
Ronan	Zentaur aus dem VW
Rotkappen	koboldartige Wesen; halten sich immer da auf, wo Blut vergossen wurde
Rumtreiber-Karte	geheime Karte, die alle Geheimgänge in Hogwarts zeigt, außerdem sieht man, wo sich bestimmte Leute aufhalten
Salamander	echsenartiges Wesen; Elementargeister des Feuers
Sauberwisch 7	Besenmodell
Sauberwisch 5	Besen der Weasley-Zwillinge; altmodisch
Schlammblut	unflätiges Schimpfwort für nicht reinrassige Zauberer
Schlange	wichtiges Tier in der Mythologie; wird oft als Bewacherin von Schätzen eingesetzt
Schnatz	kleiner goldender Ball beim Quidditch; wird er gefangen, ist das Match beendet
Schokokugeln	werden im Honigtopf verkauft

Zauberbegriff	Erklärung
Schokoladenfrösche	Süßigkeit mit Sammelkarte eines berühmten Zauberers
Selbst mischende Karten	Karten, die sich von alleine mischen
Serpensortia	Zauberspruch, um Schlangen zu etwas aufzufordern
Sickel	silberne Münzen; 17 Sickel sind eine Galeone
Siebter Stock	Eingang zum Gemeinschaftsraum der Gryffindors
Silberne Hand	Hand für den Wurmschwanz von V
Silberpfeil	Besenmodell, das nicht mehr produziert wird
Smeltings	Privatschule, die Dudley und Vernon besuchen
Spickoskop	leuchtet bei Lügnern
Spiegel Nerhegeb	Spiegel, in dem Harry seine Eltern gesehen hat; er zeigt jedem das, was er sich am meisten wünscht
Spinnen	gelten als weise; werden oft mit Zaubern in Verbindung gebracht
Sprechender Hut	alter Zauberhut, den alle neuen Schüler aufsetzen müssen; er entscheidet, in welches Haus man geht

Zauberbegriff	Erklärung
Sprechender Spiegel	Spiegel, der Kommentare zum Aussehen gibt
St. Mungo Hospital für Magische Krankheiten und Verletzungen	Krankenhaus, in dem unter anderen Nevilles Eltern liegen
Stein der Weisen	macht aus Metall Gold; verlängert Leben
Stonewall High	Schule, an die Harry hätte gehen müssen
Sucher	Quidditch-Position in der man versuchen muss, den goldenen Schnatz zu fangen
Tagesprophet	Zeitung der Zauberer
Tarnumhang	wichtiges Kleidungsstück für Zauberer, um sich unsichtbar zu machen
Transfiguration	Verwandlung, Schulfach in Hogwarts
Transsylvanien	Land, in dem Charlie Weasley Drachen fängt
Treiber	Position im Quidditch; zwei haben die Aufgabe, die Klatscher auf die Seite der Gegner zu schlagen
Trevor	Nevilles Kröte, die ständig abhaut

Zauberbegriff	Erklärung
Trimagisches Turnier	Wettstreit zwischen drei Zauberschulen bzw. deren vom Feuerkelch genannten Champions
Troll	bösartiger Dämon; meist in Riesen- oder Zwerggestalt; stinkt
Tropfenkessel	schäbige Kneipe in der Winkelgasse
UTZ	hoher Zaubergrad: »unheimlich toller Zauberer«
Veela	Maskottchen der bulgarischen Nationalmannschaft bei der Quidditch-WM; wenn sie zornig werden, verwandeln sich ihre Gesichter in Vogelköpfe
Verbotener Wald	großer Gruselwald in Hogwarts; verboten für Schüler
Vertrauensschüler	Schüler aus einem Haus, der für Recht und Ordnung sorgt; zu erkennen am Abzeichen
Verwandlungen	ein von Professor McGonagall unterrichtetes Fach
Vielsafttrank	verwandelt eine Person in eine andere, wenn Haare oder Fingernägel von dieser beigefügt werden

Zauberbegriff	Erklärung
Wahrsagen	meist von Hexen oder Wahrsagern ausgeübte Tätigkeit: das Sehen in die Zukunft; wichtige Utensilien zum Wahrsagen sind Kristallkugeln, Kaffeesatz, Tarot- und andere Karten; oft wird auch aus der Hand des Ratsuchenden gelesen
Wandern mit Werwölfen	Buch von Gilderoy Lockhardt
Wassermenschen	Menschen mit kräftiger, silberner Schwanzflosse, gräulicher Haut, langen, dunkelgrünen Haaren; mehrere hundert Arten verbreitet; leben in unterirdischen Häusern; sprechen meerisch
Werwolf	Mensch, der bei Vollmond die Gestalt eines Wolfes annimmt
Wicht	meist hässliches, blaues Geschöpf, das nichts Gutes im Schilde führt und Schabernack treibt
Wingardium leviosa	Zauberspruch, um Dinge fliegen zu lassen
Winkelgasse	Einkaufsmeile für Zauberer in London
ZAG	erster Zauberergrad
Zaubereiministerium	hält Zauberer und Hexen vor der Muggelwelt geheim

Zauberbegriff	Erklärung
Zaubererduell	ein Kampf zwischen zwei Zauberern
Zaubersprüche	wichtige Beschwörungsformeln mit magischen Effekten
Zauberstäbe	gehören in den verschiedensten Ausführungen zum unverzichtbaren Handwerkszeug eines jeden Zauberers; meist werden sie geschwungen, während der Zauberer einen Zauberspruch ausruft
Zaubertränke	Gebräue, meist mit unappetitlichen Zutaten, die eine Zauberwirkung besitzen; hierfür eignen sich nur ganz bestimmte Zutaten; die Rezepte sind meist geheim und werden nur mündlich überliefert
Zeitumkehrer	Gerät, mit dem sich die Zeit zurückdrehen lässt
Zentaur	Fabelwesen aus der griechischen Mythologie; halb Mensch und halb Pferd; meist bösartig
Zitronendrop	Muggelbonbons, die Dumbledore gerne isst
Zuckerfederkiel	Süßigkeit, die man problemlos im Unterricht lutschen kann, denn man sieht so aus, als würde man überlegen, was man als Nächstes schreibt

Lösungen

Chirologie

Der Handabdruck stammt natürlich von Gilderoy Lockhart.

Graphologie

Die Handschrift kann nur einer gehören: Hermine.

Eulenkunde

AUFGABE 1

Lophostrix cristata
Scotopelia
Glaucidium passerinum
Athene noctua
Pseudoscops grammicus

AUFGABE 2

Aus Mittel- und Südamerika stammen die Kanincheneulen und die Streifeneulen.

AUFGABE 3

Zwergohreule: auffällige Federohren; kjü-Laute

Schleiereule: herzförmiges Gesicht; lange, spitze Flügel
Fischkauz: unbefiederte Beine; runder Kopf
Brillenkauz: weiße Augenbrauen; gelborangefarbene Regenbogenhaut

Zaubermathematik

Die Lösung lautet: RICHTIG.

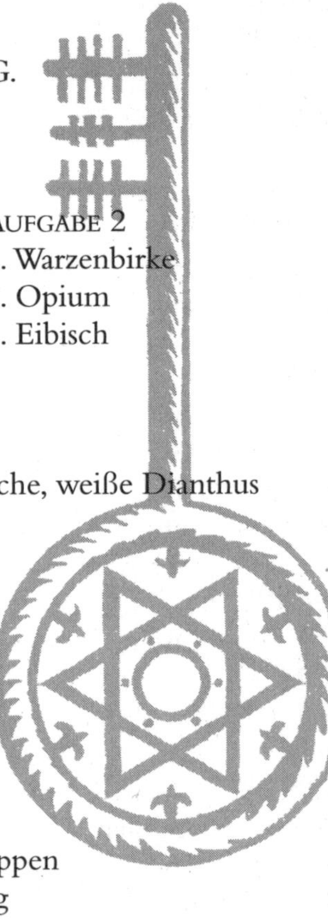

Zauberkräuterkunde

AUFGABE 1
1. Mohrrübe
2. Baldrian
3. Löwenzahn

AUFGABE 2
1. Warzenbirke
2. Opium
3. Eibisch

AUFGABE 3
Dazu braucht man:
- eine wohl gewachsene, frische, weiße Dianthus
- zwei Glaskolben,
- farbige Tinte,
- ein Skalpell,
- eine halbe Elle Bast.

Magische Geschöpfe

AUFGABE 1
1. Fünf Meter lang
2. Kupferfarbene, glatte Schuppen
3. Schwarze Kammmusterung

AUFGABE 2
a) Mit vier Jahren

AUFGABE 3
b) In Nordeuropa

AUFGABE 4
Hornschwanz
Salamander
Werwolf
Viperzahn
Einhorn
Stachelbuckel

Versetzungstest

1a) Roger Davies
2c) Weatherby
3a) 12,25 Zoll
4c) Weißbuche und Drachenherzfaser
5b) Mr Roberts
6c) Leprechans
7a) vier Meter
8b) Am 22.11.
9c) Walisischer Grünling
10c) Professor Sinistra
11c) Violett
12a) Pinienfrisch
13c) Rot
14c) 9,5 Zoll
15c) Helltürkis
16c) Schottentuch
17b) Riesenknüller
18a) 10,25 Zoll
19a) Gabrielle
20c) Meerisch
21c) Murcus
22a) Tom Riddle
23b) **B**und für **ELFE**n-**R**echte
24c) Unterwerfungsfluch
25a) Engorgio!
26b) St. Mungo
27c) Ein Zaubergrad
28c) Amos Diggory
29a) Bertie Botts Bohnen aller Geschmacksrichtungen – russisches Roulette für Ihre Zunge!
30b) Veelas
31a) Beauxbatons
32c) In Askaban
33a) 1000 Galleonen
34b) Käfer
35a) Den Furunkulus-Fluch
36c) Silbrig weiß
37b) Prior Incantado

38b) Aus Birkenholz und Phoenixfeder
39a) Eine Katze
40b) An dem von Ravenclaw
41c) Eine Kreuzung aus Heuschrecke und Feuerkrabbe
42a) Blassrosa
43c) Sie wollen einen Zauberladen eröffnen
44a) Auf dem Friedhof
45a) Würgzungen-Toffees
46b) Professor Raue-Pritsche
47c) Schnuffel
48a) Ein Quidditch-Fernglas
49a) Das Einhorn
50b) Im Hogwarts-See
51b) Das Zeichen von Voldemort
52c) Professor Vektor
53a) Palominos
54a) 170 zu 160 für Irland
55a) Pigwidgeon
56c) Von Ottery St. Catchpole
57b) Durch einen Muggelabwehr-Zauber
58a) In der Küche von Hogwarts
59b) In Dumbledores Schrank
60a) Die Riesin Friedwulfa
61c) Flaumige, schwarze Geschöpfe
62c) Dianthuskraut
63a) Ein Wasserdämon
64a) In einer Berghöhle
65c) Anhänger von Voldemort
66a) Im Kaminfeuer
67a) Aus Rosenholz und Veelahaar
68a) Die irischen Quidditch-Nationalspieler
69a) 100 000 Sitzplätze
70a) In einem Schiff
71c) Wronski-Bluff
72c) 17 Jahre
73a) Socken
74b) Narzissa
75b) Aus Satin
76c) Mit einem Gummistiefel
77a) Die 422.
78a) Seit 382 v. Chr.
79b) 11
80b) Aus Weidenholz

ZAUBERSPORTRÄTSEL

1. **Q**UAFFEL
2. S**U**CHER
3. K**O**MET
4. QUI**D**DITCH
5. HUFFLE**P**UFF
6. G**O**LDENER SCHNATZ
7. **T**REIBER

Das Lösungswort lautet Quodpot. Das ist die amerikanische Version des Quidditch, bei der ein explosiver Quaffel in den »Pott« befördert werden muss.

ZAUBERKARTENRÄTSEL

1. HOGS**M**EADE
2. B**A**HNHOF
3. GEWÄCHSHA**U**S
4. QUI**D**DITCH
5. S**E**E
6. VE**R**BOTENER WALD
7. HEUL**E**NDE HÜTTE
8. HÖHLE VON SI**R**IUS
9. SCHLO**S**S
10. **M**
11. H**A**GRIDS HÜTTE
12. **P**EITSCHENDE WEIDE

Die Lösung lautet Mauderer's Map (englisch für Rumtreiber-Karte).

Quellenverzeichnis

Bei diesem Buch handelt es sich nicht um ein offizielles Harry-Potter-Fanbuch, sondern um die Geschichte unseres Online-Fanclubs HP-FC und das von uns geschaffene Zauberinternat.

Soweit Urheberrechte, Leistungsschutzrechte oder sonstige Rechte an »Harry Potter« bestehen, liegen diese bei Time Warner Entertainment. Die Gestaltung unserer Startseite wurde durch den Rechteinhaber genehmigt.

Um unser Wissen über Graphologie zu vertiefen, haben wir natürlich bekannte Literatur studiert, darunter Heinz Dirks, Die Handschrift, Orbis Verlag 2000, München, und Andreas Franz, Grundkurs Graphologie, W. Ludwig Verlag 2000, München. Für das Kapitel »Zauberkräuterkunde« stand uns unsere Mutter, eine erfahrene Diplom-Biologin, mit Rat und Tat zur Seite.

Alle Zeichnungen, Fotos und Gedichte sind aus den Wettbewerben des HP-FC. Wir bedanken uns bei allen Künstlerinnen und Künstlern sehr, dass wir sie für unser Buch verwenden durften.

Danksagung

Dieses Mal möchten wir uns bei all denen bedanken, die kontinuierlich dazu beitragen, dass im HP-FC nichts aus den Fugen gerät.

Als Erstes bedanken wir uns bei unseren Eltern, die uns weiterhin bei unseren Ideen unterstützt haben.

Im HP-FC gibt es nach wie vor unsere Vertrauensschüler, die oftmals wirklich einen harten Job haben. Gar nicht allzu viele sind von Anfang an dabei, deswegen möchten wir uns besonders bei Corinna, Schnatti und Steffen bedanken, die unter den ersten 100 Mitgliedern waren und mit uns zusammen durchgehalten haben. Corinna ist von Anfang an die kleine Ginny gewesen und verschickt täglich Heuler an viele hundert Lehrer, Eltern und Schüler. Schnatti hat als Leiterin der Beschwerde- und Schiedsstelle immer ein offenes Ohr für alle Beschwerden. Steffen wird von sehr vielen Erstklässlern mit Mails überflutet – so einige andere haben das nicht ausgehalten – er schon. Lob gebührt auch unserem Schulsprecher, dem Magister, sowie Tobias, dem Chefredakteur des Tagespropheten. Besonders viele Mails bekommen auch die anderen drei Erstklässlerberater Steffi, Astrid und Luise. Vor allem zu Zeiten des Versetzungstests haben die Verantwortlichen Kornelia, Bianca, Aline und Alex auf diesem Gebiet immer eine reichlich gefüllte Mailbox.

Miriam sammelt seit einiger Zeit Vorschläge für unser neues Zauberexamen, gibt aber auch weiterhin Tipps zur Lösung des alten. Wer Probleme mit Passwort und Co. hat, ist bei Anke stets gut beraten. Jegliche Fragen zum Unterricht oder Angebote an Lehrer für neue Fächer, werden von Tiny sorgfältig bearbeitet. Anna und Andi bleiben immer am Ball, auch wenn sie es teilweise schon echt schwer mit dem Forum haben. Zum Schluss noch mal ein großes Dankeschön an die zwei Brüder Manuel und Raphael, die routinierten Chatverantwortlichen.

Im Prinzip genauso wichtig wie die V-Schüler sind unsere ChatAdmins, ohne die im Chat des HP-FC so gut wie gar nichts funktionieren würde. Danke an Agnes (die Halbberlinerin), Brigitte (unsere Chemikerin), Ginny (die Amerikanerin), Isabel (die Fast-Vertrauensschülerin), Johanna (die Raumlöscherin), Jörg (den Alten), Julian (den Nachtschwärmer), Katharina (die Mathematikerin) und Tina (die Lustige). Viele Admins sind gleichzeitig Vertrauensschüler – an diese natürlich ein doppeltes Dankeschön.

Last but not least möchten wir uns noch bei Luise bedanken, die mit ihren einmaligen Bildern den Charakter der magischen Geschöpfe geprägt hat.